Ilja Gort

Vrije vogels

roman

GORT
PUBLISHERS

1e druk, april 2022

Gort Publishers, Amersfoort
ISBN 978-90-831414-3-5

NUR 301

Omslagontwerp & typografie: Ilja Gort & Caroline d'Hollosy
Foto auteur: Caroline d'Hollosy

www.gortpublishers.nl

GORT
PUBLISHERS

Gort Publishers vindt het belangrijk om op milieuvriendelijke en verantwoorde wijze met natuurlijke bronnen om te gaan. Bij de productie van dit boek is daarom gebruikgemaakt van papier waarvan het zeker is dat de productie niet tot bosvernietiging heeft geleid.

FSC www.fsc.org MIX Papier van verantwoorde herkomst FSC® C004472

Dit boek is gedrukt op papier dat het kenmerk van de Forest Stewardship Council (FSC) mag dragen. Bij dit papier is het zeker dat de productie niet tot bosvernietiging heeft geleid. Een flink deel van de grondstof is afkomstig uit bossen en plantages die worden beheerd volgens de regels van FSC. Van het andere deel van de grondstof is vastgesteld dat hiervoor geen houtkap in de laatste resten waardevol bos heeft plaatsgevonden. Daarom mag dit papier het FSC Mixed Sources-label dragen. Voor dit boek is het FSC-gecertificeerde Munkenprint gebruikt. Dit papier is 100% chloor- en zwavelvrij gebleekt en wordt geleverd door Arctic Paper Munkedals AB, Zweden.

Vrije vogels

‘Waarom zou iemand de waarheid spreken wanneer hij er meer bij gebaat is te liegen?’
– *Plato*

‘In je ziel huizen twee wolven: de een vals, de ander liefdevol. Degene die je voedt, overwint.’
‘Maar welke zal ik voeden?’
‘Allebei.’
– *De bocht in de rivier, VS Naipaul*

Hoofdstuk 1

De ochtendzon zette de wijngaard in een perzikkleurig licht waarin witte bloesempluisjes zachtjes over de druivenstokken zweefden.

'Ik droom,' zei Abel tegen zichzelf. Hij snoof de geur op van de wilde tijm tussen de stenen en sloeg het zijpad in langs de tuin van de mas.

Daar rook het weer anders, naar de sinaasappelbomen die in bloei stonden, vermengd met een vleug kamperfoelie. In verwondering schudde hij zijn hoofd. Al die geuren, om gek te worden van geluk.

Vijf jaar geleden waren Abel Jongbloed en zijn vrouw Angela verliefd geworden op dit wijngoed, de Mas des Anges. Een prachtig, okergeel gepleisterd domein met rode dakpannetjes en Frans-groen geverfde luiken in Soissant-sur-Cêze, een gehucht in de Chaude, een afgelegen natuurgebied in de Languedoc. Het had zes hectare wijngaard, een oprijlaan met Toscaanse cipressen, een sinaasappelboomgaard, eeuwenoude olijfbomen en een binnenplaats met een stenen waterput en een majestueuze plataan, zo oud dat niemand meer wist hoe oud.

Abel en Angela hadden hun cd-winkeltje in de Amsterdamse Jordaan er destijds halsoverkop voor verkocht en waren naar Zuid-Frankrijk vertrokken. Met hun laatste geld wilde Abel zijn ideaal verwezenlijken; betaalbare biologische wijn maken. Deze droom was een smartelijke dood gestorven, waarna Abel op het onzalige idee was gekomen om wietwijn te gaan produceren. Deze brainwave was op een nogal spectaculaire mislukking uitgelopen, waardoor ze financieel tot de rand van de afgrond werden gedreven.

Hierna werd een nieuw plan in stelling gebracht: een bed en breakfast.

Het ontvangen van bezoekers bleek evenwel, om het even voorzichtig uit te drukken, niet Abels grootste talent. Gelukkig deed Angela niets liever dan haar gasten volledig in de watten leggen en zo slaagden zij erin om dankzij hun B&B een ontijdig einde van hun Franse droom af te wenden.

Niettemin bezorgde de nasleep van Abels wietwijnavontuur hun een hoop gelazer, onder andere met de leider van een motorbende uit Nederland. Gelukkig was dat allemaal achter de rug en was de rust weergekeerd. Hun wijn werd goed verkocht, de B&B liep als een tierelier en hun zonovergoten Zuid-Franse leventje was weer even zorgeloos als voorheen.

***

Na het ontbijt hadden Abel en Angela de hele dag niets meer gegeten. Een voorzorgsmaatregel die bepaald niet overbodig was, want die avond waren ze uitgenodigd te komen dineren bij vriend, collega en burgemeester van het dorp Jean-Claude en zijn vrouw Annabelle.

Uit eerdere ervaringen wisten ze dat zo'n avondje erop uitdraaide dat ze minimaal drie uur lang zouden worden blootgesteld aan Annabelles culinaire gewichthefferij. Met de berusting van een veroordeelde die het schavot beklimt trokken zij stipt om acht uur aan de bel van wijndomein Jean-Claude Bobal.

Al snel werd duidelijk dat Annabelle er dit keer nog een schepje bovenop had gegooid.

Eerst de 'amuses', een woord licht als een pirouette, dat echter de camouflage vormde voor een dikke broodplank met gegrilde reuzengarnalen, gekookte eieren, gefrituurde olijven en toast met knoflooktapenade. Jean-Claude knalde hier vrolijk een fles champagne bij open. Al vrij snel daarna serveerde Annabelle het voorgerecht: portobello's gevuld met truffelrisotto, gegratineerd met roquefort. Hierbij ontkurkte haar man een gulle fles Meursault.

Op dit moment op de gastronomische tijdlijn van hun bezoek aan het burgemeestersechtpaar, begon de kleding van zowel Abel als Angela al merkbaar te knellen, terwijl de echte maaltijd nog moest beginnen!

Na een korte time-out verdween Annabelle naar de keuken en kwam terug met een tussengerecht; een tomaten-kaastaart van roomboterbladerdeeg afgetopt met crème fraîche. Ze schoof hun alle vier een reuzenpunt op het bord en zette zich met een tevreden 'bon continuation!' aan de maaltijd.

Het werd een avond vol vrolijkheid met over en weer hilarische anekdotes. Abel verhaalde met Amsterdams vuur over de wonderlijke gasten die ze ontvingen in hun B&B, en Jean-Claude deelde hikkend van de lach roddels over burenruzies tussen de koppige bewoners van Soissant-sur-Cêze. Heimelijk zette Abel onder de tafel zijn riem een gaatje verder en ook Angela moest op navelhoogte haar jurk enige ontspanning toestaan. Toen Annebelle de borden innam keken de twee elkaar opgelucht aan. Eindelijk! Het zat erop! Abel kon een kleine vreugdekreet nauwelijks bedwingen.

‘Zo,’ zei Annabelle en liep met de stapel borden naar de keuken. ‘Nu gaan we écht eten.’

Wanhopig groef Abel in zijn brein naar een list. Hoe kwamen ze hier levend weg?! Overleden moeder? Een zieke hond? Maar ja, na vijf jaar vriendschap was Jean-Claude veel te goed op de hoogte van hun persoonlijke omstandigheden. Kreunend van ellende zakte Abel onderuit in zijn stoel.

‘Voilààà!’ Zingend kwam Annabelle de kamer weer in. Met twee ovenhandschoenen in de vorm van olifantenslurven droeg ze een dampende bakplaat met een pompoen waar Assepoester jaloers op zou zijn geweest. ‘Kunnen jullie even plaatsmaken?’

Indachtig de voorkeur van hun vegetarische gasten had zij de oranje reuzenvoetbal gevuld met walnoten, wortels, broodkruim en dat vervolgens bedolven onder een volvette camembert. Na een uur in de oven had deze monsterachtige combinatie zich ontwikkeld tot een nietsontziend massavernietigingswapen. Gebogen onder het gewicht schoof Annabelle de alarmkleurige bom op tafel en deed trots een stapje achteruit. ‘Tadaaa! Gezond én vegetarisch!’

Een uur later hield Jean-Claude fles nummer twee van de donkerrode Châteauneuf-du-Pape uit zijn schatkamertje uitnodigend boven Abels glas. ‘Nog een drupje?’

Abel had het gevoel dat er in zijn maag een skippybal werd opgeblazen en ging voorzichtig verzitten om zijn geteisterde spijsverteringsorganen wat ruimte te geven.

Hij wierp een lodderige blik op de hand met de fles, zijn verstand brulde ‘neeeee!’, maar aan zijn lippen ontsnapte een onmachtig piepend ‘oui…’

Terwijl Jean-Claude de glazen vulde kwam Annabelle binnen. ‘We weten dat jullie kleine eters zijn, dus we hebben het dessert overgeslagen en we beperken ons tot een klein stukje kaas.' Ze lachte. 'Ook beter voor de lijn.' En ze zette een plateau de fromages ter grootte van een helikopterplatform voor Abels neus. 'Zeg het maar, Abèl. Met welke kaas doe ik je het meeste plezier?'

Onderuitgezakt maakte Abel een ongecontroleerde beweging naar een willekeurig exemplaar. Het enige dat hij nog kon uitbrengen was een machteloos gepreveld 'Hmfprgh...'

'Goede keuze!' zei Annabelle. 'Epoisses!' Ze zette het mes in een bonk roodschimmel, zo rijp dat hij al zelfstandig van de kaasplank kroop.

'Bravo!' zei Jean-Claude. 'Daar haal ik even een flesje port bij!'

De volgende ochtend had Abel een wat trage start.

Angela bood hem vrijstelling van de ontbijtservice aan, hetgeen hij met een mentaal uitgevoerde luchtsprong aanvaardde. Daarna maakte hij zich, traag als een tropische zeeschildpad, uit de voeten naar de serene rust van de wijngaard, ver weg van de B&B-gasten.

Daar, op een geheim plekje onder de takken van een moerbeiboom, had hij ooit met wat hooi en druivenbladeren een schuilplaats gemaakt, speciaal voor dit soort delicate momenten. Behaaglijk strekte hij zijn lange lijf uit in het hooi. Zonnevlekjes dansten tussen het gebladerte, twee witte vlinders fladderden voorbij en overal om hem heen klonk het slaapverwekkende getjirp van de krekels. 'Allemachtig,' zuchtte hij. 'Wat ben ik een lucky bastard... Ik ben echt met een gouwe pik geboren...' Zijn oogleden werden zwaar, het geluid van de krekels kwam van steeds verder weg en even later weerklonk er vanonder de moerbeiboom een gestaag gesnurk.

Abel werd wakker doordat ver weg de bel van het wijndomein werd geluid. 'Ha, lunch!'

Kreunend van genoegen richtte hij zich op en krabde in zijn haar. 'Ach ach, wat een gedroomde herstart van de dag.'

Hij kwam overeind en begaf zich naar de mas.

Op de verlaten binnenplaats heerste een diepe rust. Alle gasten waren vertrokken en Angela had voor hun tweetjes onder de pergola een heerlijke lunch klaargezet; een rucola-salade, vers stokbrood, tomatentapenade en een mooie Pyreneese geitenkaas. Uit een zilveren koeler stak een fles ijsgekoelde zomerrosé van hun eigen domein.

Abel werd overmand door gevoelens van diep en intens geluk. Hij had vrede met alles. Met de wereld, met zijn verleden en met zijn toekomst. Ja, zelfs met de B&B-gasten.

***

Ondanks dat het al negen uur 's avonds was, hing er nog een lome warmte over het land. Abel en Angela zaten in een lekkere luie plofbank op het achterterras van hun wijndomein bij de met mos begroeide waterput die als tafel diende. Het terras was omringd met oude stenen drinkbakken waar bloemen in groeiden. Je kon er genieten van de avondzon en uitkijken over de wijngaarden in het lage licht, terwijl de schaduwen die de cipressen over de heuvels wierpen ongemerkt langer werden.

Met een voldane zucht schoof Angela onderuit in de kussens. 'Wat zitten we hier fijn, Aab...'

Abel drukte een kus op haar krullen. 'Kan niet fijner, lieve schat. Dit is leven zoals God het bedoeld heeft.' Hij ontkurkte een fles wijn. 'De afgelopen periode was zwaar, maar ik weet zeker,' zei hij terwijl hij de glazen vulde, 'dat we nu een mooi jaar tegemoet gaan.'

Plotseling werd de stilte uiteengereten door een klap van scheurend metaal en een claxonstoot die macaber lang bleef aanhouden. Abels hand schoot uit, een plas bloedrode wijn spatte over de tafel.

'Merde! Wat is dat!?' Hij sprong van de bank en rende de binnenplaats over.

Een zilvergrijze Renault Clio was tegen een pilaar van de poort geknald. De voorkant zat in elkaar, een bewegingloze figuur lag over de ontplofte airbag. De claxon bleef monotoon doorhuilen alsof hij een lange streep zette onder een mensenleven.

Abel trok het portier open. Het lawaai stopte.

Achter hem verscheen Angela. 'Leeft hij nog?'

Langzaam tilde de man zijn hoofd op.

'Bonkers!' riep Abel. 'Wat doe jij hier!? Gaat het?'

Verdwaasd keek Bonkers op en knipperde met zijn ogen. 'Hé jij...' Pijnlijk kreunend maakte hij aanstalten om uit de auto te kruipen.

Abel greep hem met twee handen onder zijn oksels en hielp hem voorzichtig naar buiten. 'Rustig an. Kun je staan?'

'Ja ja, niks aan de hand...'

'Kom, naar binnen,' zei Angela. 'Dan kunnen we zien hoe je eraan toe bent.'

Aan de keukentafel nam inspecteur Bonkers van de centrale recherche Amsterdam, afdeling internationale drugscriminaliteit, een flinke slok van zijn cognac en slikte die zacht kreunend door. Hij streek de lok sluik blond haar van zijn voorhoofd, zette zijn glas neer en masseerde zijn nek. 'Ik kom net uit Nederland. Er is stront aan de knikker.'

'Shit,' zei Abel. 'Wat dan?'

'Big shit. Ik kom jullie waarschuwen. Ik mag officieel geen contact met jullie hebben, dus eh...'

'Geen contact?' vroeg Abel. 'Hoezo?'

'Nou ja, ik ben even, eh... met verlof.'

'O,' zei Angela. 'Je bedoelt dat je geschorst bent?'

Bonkers ging er niet op in. 'Ik wilde hier in één keer naartoe rijden. Maar het laatste stuk viel ik steeds in slaap...' Hij nam een slok cognac en voelde hoe die langzaam zijn slokdarm verwarmde. Toen zei hij: 'De Kolonel is vrijgesproken.'

'Wát?' Angela staarde hem geschokt aan. 'Maar die vent is levensgevaarlijk!'

Hoofdschuddend zuchtte Bonkers. 'Een idioot van een rechter, een aalgladde advocaat en een flink pak geld.' Hij vloekte. 'Twee jaar werk naar de klote. Je kan wel gek worden...'

'Niet te geloven,' zei Angela. 'Leider van een motorbende, drugssmokkel, illegaal wapenbezit en dan vrijgesproken worden?'

'Tja...'

'En nu?' zei Abel.

Bonkers ging rechtop zitten. 'Daarom kom ik je waarschuwen. Jullie moeten hier weg.'

Abel keek hem niet-begrijpend aan. 'Waarom?'

'We hebben een tip gekregen. Hij is op weg hier naartoe. Jij hebt hem erbij gelapt, dus jij gaat voor de bijl. Daarom ben ik meteen hierheen gekomen. Hij is vast van plan om jou af te slachten. Met zoveel mogelijk bloed en geweld. Dat is status in die kringen. Hij moet laten zien dat hij de king is.' Hij nam weer een slok. 'Het beste is als jullie morgen meteen al vertrekken.'

Angela sprong op en begon te ijsberen. 'Dan gaan we naar Nederland. We kunnen wel zo lang bij mijn broer. Hoewel, dan brengen we hem misschien in gevaar. Beter een huisje huren, ergens op de hei.' Ze keek Abel aan. 'Kom, Aab. Dan pakken we de koffers. Ik boek in de auto wel een huisje.'

Nadenkend keek Abel naar zijn vrouw en naar Bonkers terwijl hij zijn hand met gespreide vingers door zijn haar liet glijden.

'Wat is er?' zei Angela.

'Ik ga dat niet doen.'

Bonkers fronste zijn wenkbrauwen. 'Wil je zo graag dood dan?'

'Helemaal niet. Maar ik ga niet weg. Ik ken die gast een beetje. Ik ben niet bang voor hem. Ik geloof niet dat hij mij iets wil doen.'

'Famous last words,' smaalde Bonkers. 'Die klootzak is zo gek als een deur. Ik kan je foto's laten zien van wat hij met zijn concurrenten doet.' Hij maakte een braakgeluid. 'Je maag draait ervan om. Dat waren kerels die heel wat sterker waren dan jij. Want jij bent niks voor hem. Ja, gezichtsverlies, dát ben je. En dat gaat hij hier 'ns even uitgebreid rechtzetten. Denk daar goed om.'

'Daar geloof ik niks van. Zo'n vaart loopt dat allemaal niet. We hoeven echt niet halsoverkop onze biezen te pakken.'

'Abel,' zei Bonkers dreigend. 'Ik weet dat jij ook een gestoorde gek kan zijn, maar we hebben het hier over de Kolonel. Een zware misdadiger, leider van de gewelddadigste motorbende van Nederland. En het gaat niet alleen om jou. Als jij hier een beetje de held wil gaan zitten uithangen, prima, dat moet je zelf weten. Maar je brengt ook het leven van je vrouw in gevaar. Wil je dat?'

Angela stond al bij de deur, haar hand op de deurknop. Afwachtend keek ze Abel aan.

'Ik geloof het gewoon niet,' zei Abel koppig. 'En bovendien

kan ik de wijngaard niet alleen laten. En de B&B al helemaal niet. Als we dat kapot laten gaan, is al ons werk voor niks geweest.'

Angela deed nog een aantal pogingen om Abel van mening te doen veranderen. Eerst bezorgd, toen boos en tenslotte droevig. Vervolgens probeerde Bonkers hem nog een keer op een tamelijk agressieve manier over te halen, maar Abel was koppig als een ezel en hun argumenten ketsten af als kogels op een staalplaat.

***

Bonkers verscheen de volgende ochtend al vroeg aan het ontbijt. In de keuken nam hij Abel mee naar buiten en liep met hem naar het achterterras.

'Ik ben helemaal uit Amsterdam hiernaartoe gereden om jou te waarschuwen,' zei hij grimmig. 'Vanuit een vaag gevoel dat ik je iets verschuldigd zou zijn met die ecstasy-shit vorig jaar. Als dat al zo was, dan is dat bij dezen ingelost.' Hij haalde een dikke bruine envelop uit zijn schoudertas. 'Alsjeblieft. Vijfenzeventig mille. Die had je nog tegoed. En ik heb je gewaarschuwd dat de Kolonel naar je op zoek is. Dus wij zijn nu clean. Ik ga vandaag terug. Ik wens je veel succes met de rest van je leven. Zolang als dat nog duurt...'

Hoofdstuk 2

De volgende ochtend waren Abel en Angela weer alleen. Bonkers en zijn auto waren opgehaald door de dépannage en nu ontbeten ze onder de pergola met koffie en croissants. De lucht was stralend blauw, maar boven de buitentafel hing een donkere wolk.

'Voilà, een lekker glaasje verse jus voor de mooiste vrouw van Soissant-sur-Sêze.' Zorgzaam zette Abel het glas sinaasappelsap naast Angela's bord.

Op een ander moment zou Angela iets gezegd hebben als: 'De mooiste vrouw van Soissant-sur-Sêze? Je legt de lat niet erg hoog' of een soortgelijk grapje. Maar dit keer kon ze er niet om lachen. Ze deed alsof ze het glas niet zag en keek Abel verwijtend aan. 'Ben je nou niet een beetje asociaal bezig, Aab?'

'Hoezo?' vroeg hij verbaasd.

'Je wordt gewaarschuwd dat er elk moment een levensgevaarlijke crimineel kan binnenvallen om je in elkaar te slaan. En dan verdom je het om tijdelijk een ander adres te zoeken, maar wil je gaan zitten afwachten tot die vent hier voor de deur staat. Hoe werkt dat bij jou? Denk je dan helemaal niet aan mij? Of aan onze kinderen?'

'Natuurlijk wel, schatje! Ik denk altíjd aan jou! Dat weet je toch? Jij bent de zon in mijn leven! Het licht op mijn blaadjes! Maar ik ken die Kolonel toch? Echt, dat is niet zo'n kwaaie. Bonkers heeft tunnelvisie! Die kijkt alleen maar naar zijn strafblad. Maar ík heb hem meegemaakt, ben bij 'm thuis geweest.

Heus, ik zweer je, dat valt allemaal hartstikke mee.'

'En onze gasten dan? Wat doen we als iedereen gezellig zit te ontbijten en opeens komt die griezel binnenvallen en slaat de hele boel kort en klein?'

'Maar Poekie, dat gebeurt toch helemaal niet? Dan zou ik me zó in hem vergist hebben, en in mezelf. Nee, ik kan het gewoon niet over m'n hart verkrijgen om halsoverkop ons hele hebben en houwen in de steek te laten terwijl er niks aan de hand is!'

Angela nam nadenkend een slokje van haar jus. 'Oké, stijfkop,' zuchtte ze toen. 'Als je het zo zeker weet... dan blijven we. Maar doe in godsnaam voorzichtig, beloof je dat? Ik moet er niet aan denken dat er iets met je gebeurt. Of met onze gasten...'

Abel stak zijn gebalde vuist in de lucht. 'Promis. Zo waarlijk helpe mij Bacchus almachtig!'

***

Na het ontbijt vertrok Abel naar de wijngaard. Hij had het nogal ambitieuze plan opgevat om zijn dierbare terroir, de wijngrond waaraan hij zijn godendrank onttrok, wat losser van structuur te maken door zijn wijngaard met de hand te ontdoen van een paar duizend keien. Met twee vuisten om de steel van een pikhouweel sloeg, trok en hakte hij kreunend en vloekend grote stenen uit de wijngrond. Zwaar werk, op het heetst van de dag. Woordenloos neuriede hij mee met Otis Redding, 'working on a chain gang'. In gedachten zag hij mannen in zwart-wit gestreepte pakken, die met voetboeien om hun enkels in de brandende zon stenen moesten hakken. Net als ik, ging het door hem heen. Ik ben ook geketend, maar dan door mijn eigen shit. Hij zag de ellende van vorig jaar weer voor zich, toen hij door Klusjesman Pierre onder druk werd gezet om ecstasy te halen in Nederland. Pierre had hem vijfenzeventigduizend euro meegegeven om vijfenzeventigduizend 'Smarties' te kopen. Bonkers had hier lucht van gekregen en Abel gedwongen om via deze transactie de mee te werken aan de arrestatie van de Brabantse drugsdealer Sjeng Schellekens, aka de Kolonel. Op het moment dat de Kolonel op een afgesproken plaats de smarties aan Abel overhandigde, waren Bonkers en zijn team verschenen. Ze hadden de Kolonel gearresteerd en Abels vijfenzeventigduizend euro in beslaggenomen.

Maar toen Abel thuiskwam in Frankrijk bleek dat de Kolonel hem had opgelicht en hem in plaats van de afgesproken vijfenzeventigduizend smarties slechts de helft had geleverd, zo'n veertigduizend stuks. Die vijfenzeventigduizend euro was Abel weliswaar kwijt, maar na de drugsdeal was hij toch nog niet helemaal als verliezer uit de strijd gekomen: tijdens de arrestatie van de Kolonel had hij kans gezien de sporttas met de veertigduizend smarties achterover te drukken.

De aankoopsom voor de smarties, vijfenzeventigduizend euro, had Bonkers gisteren aan Abel teruggegeven, maar nu aasde de Kolonel op Abels bloed.

Waarom wil ik nou eigenlijk niet weg? vroeg Abel zich af terwijl hij een groot stuk rots aan de aarde probeerde te ontworstelen. Omdat de B&B dan stilvalt? Hij grijnsde cynisch. Liever vandaag dan morgen... Omdat de wijngaard zou verwilderen als ik er niet ben? Ben je mal, als ik het vraag houdt Jean-Claude wel een oogje in het zeil. Dus waarom moet ik dan zo nodig blijven, in plaats van een paar weekjes onder te duiken? Waarom de fuck breng ik het leven van Angela in gevaar? En dat van mezelf? Hij knikte met een spottende grijns. Ik weet het wel. Het is omdat iedereen het altijd beter weet dan ik. Ik ben altijd de warhoofd, de naïeveling, de nono. Hij hief de pikhouweel boven zijn hoofd en sloeg vonkenspattend op een zwerfkei. Bam! Maar nu 'ns even een keertje niet! Bam! En zo is dat! Bam! Hij zette zijn houweel op de grond, trok zijn zakdoek uit zijn achterzak en veegde het zweet uit zijn nek. Want ik weet zeker dat ik gelijk heb: Schellekens is niet zo'n klootzak als iedereen zegt. En mocht hij hier ooit opdagen, wat ik dus niet denk, dan ben ik altijd nog degene met de geestelijke bagage. Ik ben slimmer. Ik kan hem sturen. Ik ben zijn meester!

Hij hief de houweel en sloeg hem achter een stuk rots. Maar ondanks deze bemoedigende peptalk hoorde hij zichzelf tijdens het keientrekken zachtjes zingen: 'Vluchten kan niet meer, ik zou niet weten hoe...'

In de B&B was het business as usual. Gasten vertrokken, nieuwe gasten arriveerden. Angela was er zo druk mee dat de dreiging van de naderende wraakactie van de motorbendeleider naar de achtergrond werd verdreven.

Aan het einde van de dag aten Angela en Abel aan de buitentafel een groenteschotel met een bescheiden glaasje wijn. Terwijl de zon langzaam onderging achter de heuvels en de binnenplaats en de plataan in een oranjerood licht zette, slaagde Abel erin om met grappen en vrolijke verhalen het onderwerp 'de Kolonel' de hele avond te omzeilen.

Midden in de nacht schrok Abel wakker omdat er heftig aan hem werd getrokken.

'Aab!' Angela schudde aan zijn schouder.

'Huh?'

'Er loopt iemand om het huis,' fluisterde ze.

Hij tilde zijn hoofd op. 'Ik hoor niks.'

'Jawel. Heel duidelijk. Er is iemand beneden!'

Geeuwend ging hij rechtop zitten en krabde in zijn haar. 'Ik ga wel even kijken.' Hij pakte zijn broek van de stoel.

'Neee!'

Met een been in een broekspijp draaide hij zich om. 'Niet?'

'Nee! Als het die griezel is en hij valt je aan! Wat dan?'

Abel trok zijn broek aan. 'Geen idee. Eerst maar 'ns kijken.'

'Nee, Aab. Ik wil niet dat je gaat. Veel te gevaarlijk! Ik hoor trouwens niks meer. Kom nou maar weer in bed.'

Zuchtend kleedde Abel zich weer uit en schoof weer naast haar tussen de lakens.

***

De volgende ochtend barstte het ontbijtgeweld al vroeg los. In de keuken van het wijndomein was Angela druk in de weer met sinaasappels persen, croissants warm maken en jam uit de grote potten overlepelen in kleine potjes. Met volle dienbladen draafde Abel heen en weer tussen de keuken en de gasten aan de tafeltjes op de binnenplaats. Koffie, thee, limonade, mandjes stokbrood en natuurlijk de succesnummers die door hun Hollandse gasten zo gewaardeerd werden: hagelslag, pindakaas en ontbijtkoek.

'Meneer!' Aan het tafeltje van het echtpaar Boerema werd driftig gewenkt.

Abel ging vol in de remmen en draaide zich om. 'Ja?'

'We gaan er zo vandoor,' zei meneer Boerema, 'dus als u de rekening voor ons hebt...'

Even later was Abel bij hem terug. Mevrouw Boerema had een lange witte filtersigaret opgestoken en was verdiept in haar telefoon.

'Jammer dat jullie alweer gaan,' zei Abel en overhandigde de factuur aan haar man. 'Voilà, monsieur.'

Mevrouw Boerema stak haar hoofd op de dunne rimpelige nek naar voren als een schildpad die een blaadje sla ziet en trok het papier uit zijn handen. 'Geef mij maar, Wim.' Met samengeknepen ogen bestudeerde ze door haar reuzenbril met een brandblusserkleurig montuur de rekening. Het presenteren van de nota wilde de gasten nogal eens ruw wakker schudden uit hun roze vakantiedroom en Angela had Abel op het hart gebonden om tijdens dit heikele momentje met wat luchtige conversatie de aandacht af te leiden.

Plichtsgetrouw trok Abel een zo menslievend mogelijke glimlach en vroeg: 'En? Heeft u het naar uw zin gehad?'

Mevrouw Boerema trok haar rood gestifte lippen omlaag in een zure boog. 'Nee, eigenlijk niet.'

'O? Wat is er dan?'

Ze drukte haar sigarettenpeuk uit in een halfvol potje jam. 'Alleen maar Fransen hier. Niemand spreekt Nederlands.' Terwijl ze sprak kringelde er nog wat rook uit haar mond.

Abel was inmiddels wel het een en ander gewend, maar deze had hij nog niet eerder gehoord. In verwarring knipperde hij met zijn ogen.

'En die markt die uw vrouw ons aanraadde,' ging ze door, 'dat was ook niks.'

'Hoezo niet?'

‘Nou, gewoon. Daar was niks te koop.’

‘Niks te koop?’ Van verbazing deed Abel een stapje achteruit. ‘Daar komen alle lokale boertjes uit de wijde omtrek naartoe! Verse groenten, olijfolie, kaasjes, wijn, alles!’

Ze maakte een geringschattend gebaar. ‘O, dat zal best. Maar nergens leuke dingetjes, ringetjes, armbandjes, niks! En ook daar weer, geen mens die een beetje fatsoenlijk Nederlands spreekt. Nee, dat viel ons erg tegen.’ Haar stem kreeg een bitse klank. ‘Het lijkt me toch wel zeer terecht als u ons hierin een tegemoetkoming geeft. Het was tenslotte uw vrouw die ons daar naartoe heeft gestuurd.’

Nadat Abel een tientje van de rekening had afgetrokken en de Hollanders trots op deze financiële monsterzege waren vertrokken, pakte hij zijn racefiets. ‘Ik ben even naar Fifi,’ riep hij door het kralengordijn.

Angela kwam naar buiten. ‘O? Wat ga je doen?’

‘Een geweer lenen.’

‘Hè?! Waarom!?’

‘Om jou gerust te stellen. Ik zal het nooit nodig hebben, het is alleen om jou een veilig gevoel te geven.’

‘Nou, jij met een geweer, daar krijg ik bepaald geen veilig gevoel van, Aab! Integendeel!’

‘Ach, lieverd. Ik ga zo’n ding toch nooit gebruiken…’

***

Een uurtje later kwam Abel alweer de poort door fietsen.

Angela liep hem tegemoet. ‘En? Hoe was het bij Fifi?’

Abel zette zijn racefiets tegen de muur. ‘Prima, alles goed met haar, maar een geweer lenen zat er niet in.’ Hij deed het snerpende stemmetje van de zevenennegentigjarige scherpschutster na: ‘Een geweer? Is het je in je bol geslagen? Nee, jochie! Dat gaan we niet doen.’

Angela moest lachen. ‘Ik had niet anders verwacht.’

‘Nee, het enige wat ze kwijt wou was dit.’ Hij haalde een plomp ijzeren wapen uit zijn zak.

‘Wat is dat in godsnaam?’

‘Haha, wat een lelijk monster, hè? Van haar man geweest. Heeft hij zelf gemaakt. Hartstikke illegaal natuurlijk. Er gaan hagelpatronen in en dan kan je één keer schieten. Maar volgens Fifi is het altijd raak.’

‘Iew! Wat een griezelig ding! Leg het alsjeblieft ergens waar je er niet bij kan en raak het nooit meer aan! Beloof je dat, Aab?’

Abel bromde iets dat van alles kon betekenen.

Hoofdstuk 3

Het was de hele dag drukkend warm geweest. Abel had de ramen van de slaapkamer opengezet, maar het bleef benauwd. Rond middernacht, Angela en hij waren net weggedoezeld in een soort halfslaap, brak er een onweer los. Wind loeide om het huis en deed de luiken klapperen. Mopperend stommelde Abel naar beneden om ze vast te zetten.

Hij opende het raam en meteen knalde een stormvlaag een luik tegen zijn kop. Met een verschrikte vloek dook hij achteruit en greep het vast. Hij zette zich schrap, wist de zware luiken dicht te trekken en sloeg de haak erop. 'Merde! Wat een kloteweer!'

In de slaapkamer lag Angela diep verstopt onder het dekbed. 'Aab!' klaagde ze en trok haar kussen nog dichter over haar hoofd. 'Dat geloei! Die storm! Ik doe geen oog dicht!'

'Doe anders je oordopjes in,' zei Abel.

Ze kwam met haar hoofd onder haar kussen vandaan en deed een oordopje uit. 'Wat?'

Abel grinnikte. 'Heb je nog van die slaapdruppeltjes? Die hielpen toch altijd wel?'

'Goed idee.'

Een half uurtje later was ze onder zeil.

Abel lag op zijn rug en staarde naar het baldakijn van hun hemelbed. Ging dit wel goed? Gisteravond kon Angela ook al niet slapen. Misschien door de storm, maar waarschijnlijk door Bonkers' verhaal over de Kolonel. Hij trok een grimas. Verdomme, het is allemaal mijn schuld. Ik heb destijds ecstasy naar Nederland gesmokkeld en geprobeerd die Kolonel erbij te lappen. Oké, onder dwang van Bonkers, maar toch. En ben ik nu wéér degene die de beslissingen aan het nemen is? Waarom toch? Waarom ben ik toch zo'n lul?

Midden in deze existentiële bespiegelingen werd hij opgeschrikt. Dwars door het gebulder van de storm heen had hij iets gehoord. Een auto? Op dit uur? Hij spitste zijn oren. Maar afgezien van het donderende natuurgeweld hoorde hij niets meer. Hij draaide zich om. Nu ga ik slapen. Kom op. Meteen schoot hij overeind. Het poorthek piepte! En dat kon niet, want vóór het naar bed gaan had hij dat expres zorgvuldig gesloten. Geruisloos stapte hij uit bed, kleedde zich aan en sloop op zijn tenen de slaapkamer uit.

In de duistere keuken keek hij door het raam. De maan ging schuil achter zwarte wolken, door de regen die onophoudelijk neergutste kon hij de poort niet goed ontwaren.

Ver weg in de bergen rommelde een donderslag. Hij draaide de keukendeur van het slot en stapte naar buiten. De storm rukte aan zijn kleren. Met zijn hoofd tussen zijn schouders tegen de plensbui liep hij naar het hek en bekeek het slot. Ondanks dat hij het open had horen gaan, zat het dicht, de grendel was er zelfs aan de binnenkant voorgeschoven. Verbaasd draaide hij zich om en liep terug.

Plotseling klonk achter hem een stem. 'Hé Fransman!'

Hij verstijfde. Van schrik vergat hij adem te halen. Langzaam draaide hij zich om.

Door de regensluiers kon hij niets onderscheiden.

Opeens verlichtte een bliksemflits een donkere gedaante, groot en onverzettelijk als een rotsblok. Verankerd in de aarde als een zwarte demon, omhooggekomen uit de hel. Wijdbeens in zijn lange leren jas leek hij de nacht naar zich toe te trekken.

Traag strekte hij zijn arm en richtte een pistool op Abels hoofd.
'Aju Fransman. Je bent dood.'

Daar stonden de twee zwarte gestalten in de regen die onafgebroken op hen neer kletterde; de man met het kletsnatte jezushaar in slierten voor zijn gezicht, tegenover de dreigende zwarte engel der wrake.

Een bliksemschicht zette het tafereel in een angstaanjagend wit licht. Even later gevolgd door een donderslag die de grond onder hun voeten deed trillen.

Opeens deed Abel iets totaal onverwachts. Hij liep naar zijn aanvaller, sloeg zijn armen om hem heen en trok hem tegen zich aan. 'Sjeng!'

De Kolonel zette zijn hand tegen Abels borst en gaf hem een machtige duw.

Abel had het gevoel alsof hij werd weggetrapt door een ploegpaard. Hij struikelde naar achteren, gleed uit en viel met een kreet van pijn ruggelings in een plas.

Regen geselde zijn gezicht.

'Je hebt mij geript,' klonk het uit het duister. De natglanzende loop van het pistool kwam omhoog en werd op zijn voorhoofd gericht.

Abel krabbelde overeind. 'Sjeng! Nee!' riep hij door de regen. 'Ik heb wat jij wil! Het ligt binnen!'

Zonder op antwoord te wachten keerde hij zich om en liep naar de mas. Tot zijn eigen verbazing gebeurde er iets wat hij niet had durven hopen: hij hoorde voetstappen achter zich; de Kolonel volgde hem.

Achter elkaar stapten de mannen door de plassen de binnenplaats over.

In de keuken draaide Abel zich om.

Druipend in zijn lange leren jas stond de Kolonel in de deuropening en versperde de enige vluchtweg. Achter hem flitste de bliksem en plensde de regen gestaag op de keien. Hij zette een stap naar voren en keek om zich heen. Toen vestigde hij zijn blik op Abel. 'Dus hier woon je.'

'Ja,' zei Abel. 'Hier woon ik.' Hij schudde zijn hoofd als een hond die uit het water komt, waarbij de druppels door de keuken spatten, en trok een stoel naar achteren. 'Ga zitten.' Hij liep naar de kast. 'Wijntje?'

***

Met ingehouden adem stond Angela in het donker boven aan de trap te luisteren. Op haar iPhone had ze het nummer van de gendarmerie klaargezet, als het beneden uit de hand liep kon ze die met één toets bellen. Aan het schuiven van de stoelen over de stenen vloer hoorde ze dat de mannen gingen zitten.

Beneden zette Abel een flesje Kronenbourg voor de Kolonel neer en schonk voor zichzelf een glas rode wijn in. Hij proostte. 'Santé.'

De Kolonel verroerde zich niet. 'Jij hebt waar ik voor kom?'

'Ja, absoluut.'

De Kolonel stak zijn hand uit. 'Vijfenzeventigduizend ballen. Plus rente. Ik krijg een ton van je.'

Abel knikte. Dit leek hem niet het juiste moment om aan te voeren dat de Kolonel hem in plaats van de afgesproken vijfenzeventigduizend smarties slechts veertigduizend had geleverd en dat een bescheiden korting dus juist op zijn plaats zou zijn. In plaats daarvan stond hij op en zei eenvoudig: 'Ik pak het even.'

Hij liep naar de open haard, sjorde de asla open en wrong met enige moeite de envelop eruit die hij van Bonkers had gekregen. 'Voilà.'

Met een norse grom trok de Kolonel hem uit zijn hand en woog hem keurend. Toen scheurde hij hem open en stak zijn hand erin. Die kwam er weer uit met een dik pak geld, samengebonden met elastiekjes. Hij haalde er nog een stel pakken uit, legde ze op tafel en begon te tellen.

Na het laatste pakje keek hij op. 'Vijfenzeventigduizend. Mooi.' Hij legde een hand, zwaar van de zilveren ringen, geopend op tafel. 'En nu de rente. Vijfentwintig ruggen.'

Angela wist genoeg. Ze stopte haar telefoon in haar zak en liep de trap af. 'Bonsoir...'

De Kolonel stond op. 'Goeienavond...'

Ze stak haar hand uit. 'Ik ben Angela, vrouw van Abel.'

'Sjeng Schellekens.'

Angela nam hem even helemaal op. Toen schudde ze meewarig haar hoofd. 'Trek toch die natte jas uit, jongen. Straks vat je nog kou.' Ze wendde zich tot haar man. 'Waarom maak je niet even een lekker vuurtje? Je vriend wordt nog ziek zo!'

Abel stapelde een bos oude wijnstokken in de haard en joeg er de brand in. Toen het vuur hoog opvlamde ging hij naar boven om droge kleren aan te trekken.

'Heb je eigenlijk wel gegeten?' vroeg Angela. Ze wees naar het fornuis. 'Ik heb nog wat chili sin carne staan. Dat kan ik opwarmen.'

Niet-begrijpend keek hij haar aan.

'Bruine bonen.'

'Doe maar.' De Kolonel schoof zijn stoel wat dichter naar het vuur.

Toen Abel weer beneden kwam, zat de Kolonel gebogen over een dampend bord chili. 'Bon appétit,' zei Abel en zette een zwarte Adidas-sporttas op tafel.

Zonder zijn maaltijd te onderbreken wierp de Kolonel er een vorsende blik op. Langzaam gleed er een grijns over zijn tronie. 'Die tas die ken ik.'

Abel gaf er een bevestigend klopje op. 'Veertigduizend smarties. Geen vijfzeventigduizend. Jij hebt me geript.'

De Kolonel stopte met eten en nam Abel zwijgend op. Toen zei hij: 'Jij mij ook.'

'Blijf je slapen?' kwam Angela tussenbeide.

Hoofdstuk 4

De volgende morgen had de regen de aarde schoongewassen en het onweer de lucht geklaard. De Mas des Anges werd begroet door een stralende ochtendzon in een strakblauwe hemel. Het was alsof er niets was voorgevallen. Geen bliksemschichten, geen oorverdovende donderslagen, geen neerkletterende regen en geen zwarte engel des doods, alleen een reusachtige, kaalgeschoren Brabo. Een beer van een kerel met een zachte g, een forse neus en een mond die je niet anders kon omschrijven dan als heerszuchtig. Hij was zo breed als een dubbele deur, met machtig gespierde armen vol onheilspellende tattoos. Hij droeg een T-shirt, een rode bandana om zijn hals en een mouwloos zwartleren vest. Aan de voorkant vermeldde een name tag PRESIDENT, op de rug het logo van zijn motorbende de Gipsy Bandits: een doodshoofd met een bloederige dolk door de schedel.

Op de binnenplaats, aan een tafeltje in de schaduw van de plataan, had Angela hem een uitgebreid ontbijt geserveerd waarvan hun ongenode gast de croissants, fruitsalade van aardbeien, banaan, kiwi, druiven, blauwe bessen en de verse yoghurt resoluut opzij had geschoven en zich grommend tegoed deed aan de vier meegeleverde gebakken eieren met kaas. Hij keek pas weer op toen Abel aan zijn tafeltje verscheen.

Uitnodigend hield die de kan boven zijn kopje. 'Nog koffie?'

'Is goed.' Tevreden schoof de Kolonel zijn lege bord van zich af en keek om zich heen. Wijngaarden die zich uitstrekten zover je kon kijken, daarachter een heuvellandschap begroeid met paars bloeiende lavendel. Hij snoof de lucht op. ‘Wat is dat wat ik ruik?’

‘Sinaasappelbomen, die staan in bloei. Ruikt lekker, hè? En hoor je die krekels? Dat is typisch Zuid-Frans. Wel even wat anders dan het gebrul van motoren.’

De Kolonel haalde zijn massieve schouders op. ‘En dat is allemaal van jou.’

‘Jazeker. Nou ja, die lavendel daar niet hoor. Daar mag ik alleen maar naar kijken. En die bergen met die besneeuwde toppen in de verte, die zijn ook niet van mij.’

De Kolonel lachte niet. ‘Respect. Goed bezig.’

‘Merci. Wil je de wijngaard zien?’

Zelden had de wijngaard twee zulke uiteenlopende gasten tussen haar ranken verwelkomd. Een lange slungel met jezushaar in linnen wapperkleding op blote voeten in afgetrapte Birkenstock-sandalen, en een monsterachtige vechtmachine met motorlaarzen en een leren jack met een doodskop op de rug. De druiven zullen niet geweten hebben wat hun overkwam.

Zwijgend liepen de twee naast elkaar tussen de wijnstokken. Onder het gaan liet Abel zijn handen langs de druiventrossen glijden. ‘Dit is merlot.’

‘Is dat wijn?’

Abel moest lachen. ‘Dat moet ik er nog van maken. Dat doe ik in de wijnkelder, op de mas.’

‘Maak je daar ook die wiet?’

‘Nee, daar ben ik mee gekapt. Te veel gedoe.’

‘Gedoe?’

‘Ja, het trok foute types aan.’ Hij wierp een tersluikse blik op zijn metgezel en voegde er haastig aan toe: ‘Politie, weetjewel.

Hoop gelazer mee gehad.'

De Kolonel produceerde een onverstaanbaar gegrom en schopte met zijn motorlaars tegen iets wat er niet lag.

'Wil je het zien?' vroeg Abel. 'De wijnkelder?'

Samen liepen ze de binnenplaats op. De Kolonel wees met zijn kin naar de mas, waar trossen blauweregen langs de luiken en de dakbalken slingerden. 'En die ouwe zooi, dat vinden jullie mooi.'

Abel dacht aan de majestueuze villa van wit glanzende baksteen op het zigeunerkamp in Klundert, waar de Kolonel resideerde. Hij glimlachte. 'Ja, eigenlijk wel. Ik hou er wel van als het een beetje doorleefd is. Dat geeft karakter, weetjewel.'

Misprijzend schudde de Kolonel zijn hoofd.

'Kom.' Abel liep naar de wijnkelder. 'Dan gaan we wijnproeven.'

In het schemerduister van de wijnkelder stonden de twee mannen rond een barrique die als statafel diende. Abel schonk twee glazen rode wijn in en schoof er een naar zijn gast. Die sloeg zijn machtige klauw om de kelk om het in één teug te ledigen.

'Ho, stop!' riep Abel. Hij legde zijn hand om de massieve knuist en schoof die omlaag. 'Met je duim en twee vingers bij de steel vasthouden. Anders degradeer je jezelf tot een gorilla. Wat in jouw geval misschien...' Halverwege besefte hij dat deze grap wellicht verkeerd kon vallen en deed er het zwijgen toe.

Met een verstoord gegrom liet de Kolonel hem begaan.

'Eerst moet je kijken,' ging Abel door. Hij hief zijn glas naar het kelderraam en tuurde met één oog dichtgeknepen naar de inhoud. 'Zo dus.'

De Kolonel keek hem niet-begrijpend aan. 'Kijken? Ik zie

dat er wijn inzit. Dat is al erg genoeg.'

'Het is om de kleur te beoordelen.'

'Het is rooie wijn.'

'Ja, maar aan de kleur kun je de kwaliteit beoordelen.' Hij bracht zijn glas omlaag en stak zijn neus erin. 'En dan moet je eraan ruiken. Dat heet "het bouquet nemen".'

De Kolonel keek hem aan alsof hij gek geworden was en kiepte zijn glas in één keer achterover. Het bleef stil.

'En?' vroeg Abel. 'Lekker?'

De Kolonel staarde hem aan met de blik van iemand die zojuist aan een pan doorgekookte hondenpens heeft geroken. Toen deed hij bedachtzaam zijn mond open en liet een secondenlange boer die als een onweer over de vaten in de kelder rolde. Dit oergeweld bekroonde hij met een welgemeend 'gadverdamme!'

***

In de pergola onder de paarse druiventrossen schonk Angela zichzelf en Abel een glas muntthee in. Met een vers geopend flesje Kronenbourg in zijn hand liet de Kolonel zijn blik over de wijngaarden glijden. Hij schoof nog wat verder onderuit in zijn stoel en nam een slok. 'Dus geen buren hierzo.'

'Nope.'

'Helemaal niet. Nergens niet.'

'Klopt. De natuur is mijn buurman. Wijngaarden, lavendelvelden, bossen, bergen. Alleen maar wilde natuur.'

De Kolonel knikte. 'Da's mooi...'

Angela glimlachte. 'Waarom blijf je niet een paar dagen? Beetje bijkomen. Genieten van de omgeving...'

'En van de wijn...' voegde Abel er grinnikend aan toe.

De Kolonel zoog op zijn wang en krabde zich peinzend met zijn vrije hand onder zijn oksel, wat Abel deed denken aan een bezoek aan het bavianenhok in Artis.

'Goed idee! Je kan het nu betalen,' grapte Abel. 'Met die vijfenzeventigduizend piek kom je een heel eind. Krijg je een extra eitje bij je ontbijt.'

'Je vergeet de rente,' zei de Kolonel. 'Die krijg ik nog van je. Maar toch, geen gek idee...' Met een brede grijns trok hij zijn telefoon uit de borstzak van zijn motorjack, toetste iets in en hield hem tegen zijn oor. 'Moppie?'

Hoofdstuk 5

'Nou,' zei de Kolonel tegen Angela. 'Dit is Kimberley.'

De vrouw die uit Abels met bloemstickers beplakte oranje Volkswagen T2-kampeerbusje stapte, droeg een strakzittend roze jurkje met witte knoopjes. Ze had een diep decolleté met twee zonnebankbruine borsten en volle, rood gestifte lippen. Ze droeg haar lange haar dit keer in een kleur die Platinum Blond werd genoemd, waarbij de onderste helft lipstickroze was geverfd.

Met een brede glimlach stak ze een hand met witgelakte kunstnagels uit en zei met een onvervalst Brabo-accent: 'Hai! Prettig kennis te maken.' Bewonderend keek ze om zich heen naar de binnenplaats en de mas. 'Wat zitten jullie d'r mooi bij hier!'

Abel en de Kolonel hadden haar opgehaald van het vliegveld in Béziers, zo'n vier uur rijden.

'Dank je,' zei Angela. 'En welkom! Jullie zijn precies op tijd voor het diner. Alles staat klaar!'

'Wat lief!' zei Kimberley. 'Maarre... Waar is Eekie?'

Ze refereerde hierbij aan een uit het nest gevallen eekhoorntje waarover Abel en Angela zich vorig jaar hadden ontfermd. Ze hadden daar filmpjes van gepost die viral waren gegaan en het hazelnootkleurige diertje was nog steeds bij heel veel mensen razend populair.

'Ons eekhoornvondelingetje is er nog hoor!' stelde Angela haar gerust. 'Alleen woont hij nu op zichzelf.' Ze wees naar de plataan. 'Abel heeft een leeg wijnkistje in die boom gespijkerd en af en toe wipt Eekie even aan voor een lekker hapje, heel gezellig.'

De zon stond op het punt te verdwijnen achter de heuvels en de krekels hadden hun getjirp gestaakt. Aan de buitentafel onder de pergola hield Abel het Opinel-mes uitnodigend boven het plateau de fromages. 'Kimberley, nog een stukje kaas?'

Ze streek over haar platte buik. 'Nee hoor! Ik plof bekans!'

Toen niemand meer wilde schonk Abel zichzelf het staartje wijn in en ging zitten.

'Ik vind het zo fijn,' zei Kimberley tegen Abel, 'dat Sjeng en jij het zo goed samen kunnen vinden.' Ze legde haar hand op de ruige klauw van haar echtgenoot. 'Sjengie kan soms een beetje direct overkomen.' Ze keek hem vertederd aan. 'Maar hij bedoelt het goed. Hè lieverd?'

Abel dacht aan Bonkers' woorden over de extreem gewelddadige manier waarop de Kolonel zijn concurrenten uitroeide.

'Toen hij wegging vorige week,' vervolgde Kimberley, 'wist ik dat hij naar een plaats zou gaan waar hij vrede zou vinden.'

Abel zag zichzelf liggen in de plas modder, de natgeregende loop van het pistool op zijn voorhoofd gericht. Heel vredig allemaal, dacht hij met een onzichtbare grijns.

'Hoe wist je dat dan? Dat hij hier vrede zou vinden?' vroeg Angela geïnteresseerd.

'Ik weet niet hoe ik dat weet. Ik voel dingen. Soms lijkt het wel alsof ik boodschappen doorkrijg.'

'O ja? Van wie?'

'Dat weet ik niet. Ik heb wel 'ns gedacht dat het overledenen zijn die me dingen willen vertellen.'

Abel knipperde met zijn ogen, de Kolonel haalde doodgemoedereerd een stuk stokbrood door de boter en stak het in zijn mond.

'Wat bijzonder!' zei Angela. 'Hoe werkt dat dan?'

Kimberley streek een lok haar uit haar gezicht. 'Wist ik het maar. Het gebeurt gewoon en dan heb ik het gevoel dat ze om me heen zijn en tegen me praten.'

Angela leunde naar voren. 'O, wat interessant! Is dat niet eng?'

'Nee hoor. Ze zijn heel aardig. Soms kan ik ze niet goed verstaan, als ze door elkaar heen praten. Dan hoor ik een soort hol galmend geroezemoes. Maar dan vraag ik gewoon of ze even rustig willen doen.' Ze lachte. 'Een voor een graag...'

'Goh, boeiend zeg!'

'Ja. En soms gebruiken ze geen woorden maar gevoelens. Dan spreken ze de taal van de ziel.'

'Ben je dan ook telepathisch?'

'Ja, dat denk ik wel. Soms kun je met woorden niet uitdrukken wat je voelt, toch? Dan daal ik af naar mijn oerzelf. Die is heel oud. Op die momenten kan ik ook met de dieren spreken.'

Angela zakte achterover in haar stoel. 'Met de dieren spreken?'

'Ja, ik ben gek op dieren. Als kind al. Ik vond ze zo lief. En zo simpel en zo mooi ook. En die liefde voor dieren is altijd gebleven. Ik heb het gevoel dat een dier me terugbrengt bij mezelf. Want een dier is wat het is. Een dier liegt niet.'

Toen Angela de volgende ochtend de trap afkwam, stond de keukendeur wijd open. De zon scheen naar binnen en bracht de kleuren van de oude Provençaalse plavuizen tot leven. Midden in de keuken zat een merel die haar met zijn glanzende kraaloogjes nieuwsgierig aankeek. Uit de tuin kwam Kimberley aanlopen met een mand sinaasappels. De merel vloog naar buiten en Angela stapte door het kralengordijn. 'Bonjour! Jij bent er vroeg bij!'

Kimberley had haar blonde haar in een staart en droeg een versleten spijkerbroek en een T-shirt. 'Zo'n mooie dag, daar wil ik geen seconde van missen.' Ze schudde de mand, oranje sinaasappels rolden over elkaar. 'Deze hingen gewoon in de boom! Echte sinaasappels! Nog nooit zoiets gezien. Ik dacht, ik neem er een paar mee, voor het ontbijt.'

'Goed gedacht! Maarre... Je ziet er heel anders uit dan gisteren.'

'Haha, ja. Maar zo voel ik me het lekkerst. Ik kom van de boerderij. Uit Drimmelen. Mijn vader was boer.'

Angela nam de mand van haar over. 'Die komen goed van pas. De gasten komen zo beneden, we zitten helemaal vol.'

'Cool! Zal ik de tafels dekken?'

'Graag!'

Kimberley haalde borden en bestek uit de kast en begon in verrassend hoog tempo de terrastafels te dekken. De gasten druppelden binnen en Kimberley snelde met zwaaiende paardenstaart en volle dienbladen heen en weer tussen de keuken en de binnenplaats alsof ze nooit anders had gedaan.

***

Bij het afruimen van de lunch stelde Angela aan Kimberley voor om samen naar het dorp te fietsen voor de boodschappen.

Sjeng hoorde het aan. ‘Is dat wat, dat dorp?’ vroeg hij aan Abel.

‘Dat dorp is top! Wil je het zien?’

‘Hebben ze daar bier?’

Naast elkaar fietsten de vrouwen de heuvel op. In de bossen aan weerszijden tjirpten de krekels, het zonwarme briesje streelde langs hun blote armen.

‘Dank voor je hulp bij het ontbijt!’ zei Angela. ‘Je doet het hartstikke goed, je bent een natuurtalent. En de gasten vonden het ook leuk.’

‘Geen dank.’ Kimberley snoof de harsachtige lucht op van de parasoldennen. ‘Het is hier prachtig! Ik ben nog nooit in Frankrijk geweest.’

Angela lachte. ‘Franser dan hier krijg je het niet gauw. Maar jij bent wel wat gewend, lijkt me?’

‘Wablief?’

‘Jij hebt een bijzonder leven achter de rug, denk ik zo?’

‘Dat valt wel mee, hoor.’

‘Nou, van een boerendochter tot telepathisch medium en beauty queen van de leider van een motorbende.’

‘Het is gewoon een motorclub hoor!’ protesteerde Kimberley. ‘En ik ben geen beauty queen!’ Ze glimlachte. ‘Nou ja, een beetje dan. Soms…’

‘Ik ben in elk geval blij dat het niet uit de hand is gelopen met die twee,’ zei Angela. ‘En dat al dat gedoe nu is opgelost.’

Ze fietsten het dorpje binnen. ‘Kijk, daar is de boulangerie, hele lieve mensen. Daar gaan we stokbrood halen en croissantjes voor de B&B.’

De rust op het slaperige pleintje voor de Bar du Marché werd bruut verstoord door het dreigende vulkaangerommel van de zware Harley Davidson die de straat in kwam daveren.

'Hier is het!' schreeuwde Abel die achterop zat in het oor van Sjeng.

Die nam gas terug en parkeerde zijn ijzeren monster aan de rand van het terras. Hij stapte af en keek om zich heen. 'Dus dit is het.'

'Ja. Gaaf hè?'

Sjeng haalde zijn schouders op.

Met een droogdoek in zijn hand kwam Jean-Luc naar buiten. 'Ik dacht al, dat moet een zware jongen zijn...' Hij slenterde naar de Harley en floot tussen zijn tanden. 'Wat een schoonheid...' In bewondering liep hij om de motor heen, ongetwijfeld dromend van een ander leven, verre landen, wilde avonturen.

'Jean-Luc, bonjour!' zei Abel, die wist dat hij nu snel moest ingrijpen omdat de barman anders met Sjeng in een oeverloos handen-en-voeten-gesprek over motoren zou raken. 'Dit is mijn vriend Sjeng, kunnen we wat bestellen?'

'Huh? Bestellen? Eh, ja, nee, tuurlijk, zeg het maar!'

'Voor mij een Ricard,' zei Abel, die had geleerd dat een echte Fransman nooit zomaar pastis bestelde, maar altijd het merk noemde.

'Bier,' gromde Sjeng.

De bestelling werd gebracht. Sjeng hief zijn glas. 'Prut.'

Voordat Abel deze heilwens had kunnen beantwoorden, had Sjeng zijn bier in één teug leeggedronken en veegde zijn lippen af.

'En?' vroeg Abel.

'Uilezeik.'

Abel grinnikte. 'Dan had je maar wijn moeten nemen...'

In stilte keken ze naar het jeu-de-boulesbaantje aan de rand van het plein waar een paar oude mannetjes petanque aan het spelen waren. Het enige dat te horen viel waren de blaadjes boven hun hoofd die af en toe ritselden als een briesje ze liet bewegen en het geluid van de ijzeren ballen van de petanquespelers die tegen elkaar tikten.

Zwijgend keken de twee naar het spel. De ballen ploften in het droge zand, de mannetjes tilden ze op met magneetjes aan een touwtje en wreven ze schoon met een doek.

Na een tijdje zei Sjeng: 'Dus dit vind jij leuk.'

'Leuk? Dit vind ik te gek!' Met zijn glas wees Abel om zich heen. 'Alles! Die ouderwetse bar, die ijzeren terrasstoeltjes, en niet te vergeten de Fransen zelf! En de natuur! De tijd heeft hier stilgestaan! Sterker nog, tijd bestaat hier helemaal niet! En daar geniet ik elke dag opnieuw van. Heb je wel 'ns een hond gezien die grommend zo snel mogelijk zijn etensbak leegvreet? Nou, zo voel ik me als ik 's ochtends opsta. Snel aankleden, vlug ontbijten en dan aan de slag. Ik vind het allemaal zo leuk, ik wil alles tegelijk doen. Ik kan niet wachten tot ik het ene heb gedaan om aan het andere te beginnen. Ik weet dat het niet goed is, dat je overal van moet genieten. En ik vraag mezelf ook wel 'ns: waarom doe je niet gewoon rustig? Is druiven snoeien dan zo veel leuker dan ontbijten? Maar als ik druiven sta te snoeien denk ik: snel afmaken, dan kan ik vanmiddag dat muurtje nog metselen. En sta ik te metselen, dan denk ik, opschieten! Dan gaan we lekker wijn proeven! Het is om gek van te worden.'

Sjeng keek hem met opgetrokken wenkbrauwen aan. 'Volgens mij heb jij een soort ABHB of zo.'

Aan de overkant van het plein ging onder de vlag van de mairie een deur open, een man stapte naar buiten. Hij was een jaar of zestig en ging gekleed in een verschoten blauwe broek en een vaal T-shirt zonder opschrift. Op zijn hoofd droeg hij een versleten pet die eruitzag alsof hij ermee geboren was.

'Dat is Jean-Claude, de burgemeester,' zei Abel en stak zijn arm omhoog.

Sjeng gromde iets onverstaanbaars.

Jean-Claude kwam naar hen toe en Abel stond op. 'Bonjour, mon ami! Dit is mijn vriend Sjeng, uit Holland.'

Abel verwachtte een reactie van schrik, door het vervaarlijke voorkomen van Sjeng, maar het tegendeel gebeurde. Doodgemoedereerd gaf Jean-Claude de zwaar getatoeëerde bendeleider een hand. 'Bonjour, monsieur. Ik ben Jean-Claude Bobal, burgemeester hier. Welkom in Soissant-sur-Cêze.'

Ze gingen zitten. Barman Jean-Luc kwam naar buiten.

'Doe nog maar zo'n glas uilezeik,' gromde Sjeng.

Even later was Jean-Luc terug met twee Ricard en een Kronenbourg. Ze proostten.

'En?' vroeg Jean-Claude aan Sjeng. 'Bevalt het u in ons fleurige dorpje?'

'Wat moet-ie?' gromde Sjeng.

'Hij vraagt of je het mooi vindt hier.'

'Ik ken geen Frans,' zei Sjeng. 'Maar mooi is het wel. Die bossen, natuur, lekker de ruimte. Geen pottenkijkers.' Hij stak zijn duim op naar Jean-Claude: 'Dikke mik hier, ouwe!' Hij nam een slok bier. 'Maar wel heet.' Met een verstoorde blik op de zon trok hij de rode bandana van zijn hals en wiste het zweet van zijn gezicht.

De burgemeester keek naar Sjengs vest met de kleurige afbeelding van de doodskop met een bloederige dolk door de schedel. ‘In wat voor branche bent u werkzaam, monsieur?’

‘Wat nou weer?’ gromde Sjeng.

‘Hij vraagt wat voor werk je doet,’ zei Abel.

Sjeng grijnsde naar Jean-Claude. ‘Ik zit in de eh… Voitures.’ Ter verduidelijking stak hij twee handen naar voren en deed alsof hij een auto bestuurde waarbij zijn T-shirt over zijn machtig gespierde biceps spande.

Jean-Claude leek onder de indruk. Hoewel niet duidelijk was waarvan.

Aan de overkant van het plein kwamen Angela en Kimberley aanlopen, ze droegen ieder een tas vol stokbroden.

‘Daar heb je de vrouwtjes,’ zei Sjeng en maakte een zwaaigebaar.

‘Eh, Sjeng,’ zei Abel.

‘Wat.’

‘Als er één ding is waar je Angela mee op de kast krijgt, dan is het als je haar “vrouwtje” noemt.’

‘Het is toch een vrouwtje?’

Abel schudde zijn hoofd. ‘Nee, het is een vrouw. Vrouwtje klinkt denigrerend, alsof ze uit Madurodam komt. Hoe dan ook, noem haar liever geen vrouwtje.’

Sjeng haalde ongeïnteresseerd zijn schouders op.

Onder de vlag van de mairie ging de deur open. Een dame met grijze krulletjes kwam naar buiten en begon wenkende gebaren te maken naar Jean-Claude.

‘Merde,’ grinnikte hij. ‘Het vaderland roept me.’ Hij kiepte het laatste restje uit zijn glas achterover en stond op. ‘Saluts, mes amis.’

Terwijl hij wegliep wenkte hij Abel tersluiks met zijn hoofd. Abel stond op en liep met hem mee. Achter de fontein bleef

Jean-Claude staan. 'Die vriend,' fluisterde hij. 'Is dat echt een vriend van je?'

Abel grinnikte. 'Hij lijkt erger dan hij is.'

Jean-Claude nam Abel vanonder zijn borstelige wenkbrauwen zwijgend op. 'Ik zou het niet erg vinden als hij snel weer zou vertrekken uit Soissant-sur-Cêze.'

'Maak je geen zorgen,' zei Abel. 'Hij blijft niet lang. En hij doet geen vlieg kwaad.'

In dat laatste vergiste hij zich.

Hoofdstuk 6

Terug op de mas zonderde Sjeng zich af in een hoekje van de pergola en voerde langdurige telefoongesprekken in onverstaanbaar Brabants. Abel hielp Angela met de boodschappen naar binnen dragen.

Toen hij weer naar buiten kwam keek Sjeng op, stopte met spreken en beëindigde zonder een woord zijn gesprek. 'Zo. Ik heb ze weer verdiend voor vandaag.' Hij borg zijn telefoon op en maakte het zich gemakkelijk. 'En wat doe je hier nou zo de hele dag. Een beetje wijn zuipen?'

Abel grijnsde. 'Het is vier uur. Ik ga nog een paar uurtjes in de wijngaard werken. Keien trekken. Heb je zin om te helpen? Zwaar werk. Ik kan wel een paar handjes gebruiken.'

In de wijngaard was het volop lente. Bijen en vlinders vlogen rond de wilde bloemen, overal hoorde je vogels. De bladsnoei was de vorige maand voltooid en de toppen van de wijnstokken hadden nieuwe blaadjes ontwikkeld, die als lichtgroene kuifjes rij na rij boven de wijngaard uitstaken. Abel liep voorop, achter hem duwde Sjeng een roestige kruiwagen met gereedschap.

Abel spreidde zijn armen en liet onder het gaan zijn vingers over de kuifjes van de druivenstruiken glijden. Hij wierp zijn hoofd in de nek, richtte zijn gezicht met gesloten ogen naar de hemel en riep: 'Zon! Verwarm mij! Verwarm mijn hart, verwarm mijn ziel!'

Bevreemd keek Sjeng naar de figuur die met uitgestrekte

armen en wapperend haar voor hem uit schreed en riep: ‘Hedde gij het in oe bol of zo?’

Abel zoog de lucht naar binnen en draaide zich met een weldadige glimlach om. ‘Voel toch die zon, Sjeng! Daar word je toch blij van? En die vogels! Hij stak een waarschuwende wijsvinger omhoog. ‘Hoor je dat? Die koekoek? En die andere is een hop! Prachtig, toch?’

‘Hop, daar maken ze bier van,’ grijnsde Sjeng. ‘Nou, gaan we nog wat doen, of wat!’

‘Haha, kijk uit wat je zegt! Kijk daar!’ Hij wees op een kei die tussen een rij wijnstokken uitstak. ‘Daar zit zo’n klerelijer. Daar rij je je ploegschaar op aan gort. Kijk.’ Hij pakte de pikhouweel uit de kruiwagen. ‘Zo doe je dat. Ik doe er eentje voor.’ Abel hief de houweel boven zijn hoofd, sloeg hem achter de steen en trok. Geen beweging. Hij vloekte binnensmonds, zette zich schrap en trok opnieuw uit alle macht. Het was alsof hij de Rots van Gibraltar uit de grond probeerde te trekken. Hoopvol keek hij achterom, maar zijn gespierde vriend hurkte een paar meter terug voor een druivenstruik en bestudeerde met een geconcentreerde frons iets tussen de bladeren.

‘Wat doe je?’ riep Abel.

‘Moet je kijken…’

Abel liep naar hem toe en knielde naast hem neer. Samen zaten ze voor de wijnstruik. Er was niets te zien. ‘Wat is er dan?’

‘Kijk dan!’ Sjeng wees op een paardenbloem. ‘Hoe de zon door die blaadjes schijnt. Zo geel! Te gek!’

Verbaasd keek Abel hem aan. Even wist hij niets te zeggen. Toen grinnikte hij. ‘Ja, mooi man. Goed dat je me erop wijst. Merci.’ Hij kwam overeind. ‘Dat doe ik ook vaak hier: de tijd nemen om te kijken naar een dauwdruppel in het gras of een lieveheersbeestje op een bloemstengel, een hagedisje dat zich warmt op een steen. Ik kan soms helemaal blij worden als ik zie hoe de zon glanst op de huid van een paard in de wei. Alles is mooi, weetjewel. Alles. Je moet het alleen zien...'

Sjeng greep de houweel. 'Ja, heel mooi allemaal, waar zit die klerelijer?'

Abel wees.

Sjeng hief de houweel, sloeg hem achter de kei en trok hem zonder merkbare moeite uit de grond.

Twee uur later stond de zon op het punt om te verdwijnen achter de boomtoppen.

De blaadjes werden van achteren aangelicht en leken doorzichtig, met scherp omlijnde contouren. Wolken muggen dansten in de laatste zachte stralenbundels.

'Kijk,' wees Abel. 'De zon is op weg om de andere helft van de wereld wakker te gaan maken.'

Zwetend richtte Sjeng zich op uit de wijnstokken en gooide een enorme kei in de kruiwagen. 'Wablief?'

Abel vertaalde zijn poëtische observatie in Sjengtaal: 'Biertijd.' Hij greep de kruiwagen bij de handvatten, maar die zat zo vol met stenen dat hij er nauwelijks beweging in kreeg.

Sjeng duwde hem opzij. 'Laat mij maar.'

Op de binnenplaats waren Angela en Kimberley bezig de buitentafel onder de pergola te dekken. Abel en Sjeng brachten het gereedschap naar de schuur. Terwijl ze hun handen wasten onder de pomp viel Abels oog op de sleutelbos aan Sjengs riem. 'Hé,' zei hij verrast. 'Wat heb je daar nou?'

'Wat!'

'Aan je sleutels.'

Met een grijns haakte Sjeng zijn sleutelbos van zijn riem en liet hem zien. Er glansde een klein koperen beeldje van een eekhoorntje. 'Mooi hè? Heeft m'n moppie voor me gekocht. Ze is helemaal gek van die filmpjes van jullie op internet.'

Angela zette een dampende schaal op tafel.

Abel snoof. 'Hmmm lekker... Dat ruikt een beetje naar de pasta di mama van Annabelle van Jean-Claude, dus met driedubbel knoflook.' Hij schoof zijn bord naar de pan.

Terwijl Angela de pasta door de saus roerde, ontkurkte Abel een fles rode wijn en hief zijn glas. 'Santé! Op jullie eerste dag op de mas. Hartstikke leuk dat jullie d'r zijn!' Ze proostten. 'Bon appétit!

'Wacht!' zei Kimberley plotseling.

'Ja?'

Ze sloot haar ogen. 'Er komt iemand. Een vreemde man.'

Abel draaide zich om. 'Ik zie niemand hoor!' Hij lachte. 'De enige vreemde man hier ben ik!'

'Toch nadert er iets,' zei Kimberley. 'Of iemand...'

'Een late gast misschien,' zei Angela. 'Hij is welkom hoor.'

'Ik weet het niet. Ik voel een aura, maar het is... Het zou ook een dier kunnen zijn.'

'Bonsoir!' Om de hoek verscheen het verwilderde hoofd van buurman Zwijnekop. Van een afstandje leek hij op een hamster die met volle wangzakken tegen een brandkast aan was gelopen, maar van dichtbij had hij meer weg van een wrattenzwijn dat wordt gestoord tijdens het voederen. Om die reden was Abel hem ooit buurman Zwijnekop gaan noemen en dat was eigenlijk altijd zo gebleven.

'Ha buurman,' zei Abel. 'Bonsoir! Alles goed?'

De buurman glimlachte zijn gele tanden bloot. 'Bon appétit!' Hij droeg zijn gebruikelijke wijnboerenbroek die voornamelijk bestond uit opgenaaide stukken en volgens Abel sinds de Franse revolutie niet meer gewassen was, en een versleten T-shirt met het opschrift SUPPORT YOUR LOCAL NUDE BEACH, een tekst waarvan nog nooit iemand Zwijnekop had uitgelegd wat die eigenlijk betekende.

'Excusez-moi dat ik stoor,' zei hij, verlegen met zijn grote postuur. 'Ik wist niet… Ik zag vandaag een vreemde in de wijngaard lopen, dus ik dacht…'

'Ach natuurlijk! Helemaal vergeten je voor te stellen aan onze nieuwe vrienden! Dit is Sjeng, en dit is zijn vrouw Kimberley.'

Ze schudden handen.

'Nou, fijn,' zei Zwijnekop. 'Dan laat ik jullie lekker eten. Maar kom gerust een keer een wijntje drinken bij ons. Bonne soirée!'

'En, Sjeng?' vroeg Angela tijdens het eten. 'Hoe beviel het werken in de wijngaard?'

Met de achterkant van zijn lepel wipte hij de kroonkurk van een flesje Kronenbourg en nam een lange slok. 'Ahhh… Dat doet een mens goed.' Hij grijnsde. 'Werken? Nooit gedaan. Mijn vader zei altijd: werken is voor de dommen.' Hij zette het flesje aan zijn mond, ledigde het in één teug en zette het op tafel. 'Maar een paar uurtjes klooien in zo'n wijngaard, dat is eh... ja…' – hij grijnsde – '…goeie training…'

'Wat fijn voor je, Sjengie,' zei Kimberley. Liefdevol streek ze over zijn hoofd, waarbij zijn stekeltjes een raspend geluid maakten. 'Nou, Angela en ik hebben ook flink aangepakt hoor. In de moestuin. Met z'n tweetjes de hele middag op onze knietjes tussen de sla en de tomaatjes. Lekker met je handen in de aarde wroeten. Je eigen eten kweken. Geweldig, wat een dag,

Angie! Dank je wel! Ik zou wel een miljoen van dit soort dagen willen hebben.'

'Ik vond het ook fijn,' zei Angela. 'En ik had niet verwacht, zo chic als je gisteren binnenkwam, dat je een dag later in een ouwe spijkerbroek, haar in een paardenstaart, op je knieën tussen de tomaten zou zitten.'

Kimberley rekte zich uit. 'Ik vond het heerlijk. Wat hebben jullie een fijn leven hier...'

Sjeng maakte brommerige geluiden die op instemming zouden kunnen duiden. Met zijn vork probeerde hij een hap spaghetti naar zijn mond te brengen, wat keer op keer mislukte. Binnensmonds vloekend greep hij zijn lepel.

Plotseling viel er uit de druivenbladeren iets op zijn hoofd. Met een woeste kreet schoot hij overeind. Hij stootte zijn knie, de schaal spaghetti kiepte om, glazen vielen kapot, rode wijn stroomde over de tafel. Iets zachts streelde Sjengs wang, met een ruk keek hij opzij. Op zijn schouder zat een hazelnootkleurig diertje met een lange pluimstaart.

***

'Ha, lekker slapen,' zei Abel en zette vast een voet op de eerste tree van de trap.

Angela klikte de deur van de vaatwasser dicht en drukte op de knop. 'Ja, we gaan zo. Maarre, Aab. Vind jij dat nou niet raar, die Sjeng hier nog steeds over de vloer? Kim is een schat hoor en ze helpt hartstikke goed mee. Maar die vent is een griezel. Ik zie onze gasten soms ook met een scheef oog naar hem kijken. Ik vind dat helemaal niks! Wat moet hij hier? Misschien slaat hij wel een keer de hele boel kort en klein omdat hem iets niet bevalt.'

‘Dat doet hij niet.’

‘Zo ziet hij er wel uit. En hoe weet jij nou wat hij wel of niet doet!’

Abel schudde zijn hoofd. ‘Volgens mij hebben die twee het hier prima naar hun zin.’

‘Dat kan wel zijn, maar ik vind het een doodenge vent. Jij hebt Bonkers toch ook gehoord? Sjeng is een zware crimineel! Of ben je dat soms vergeten?’

‘Schatje toch,’ suste Abel. ‘Dat is allemaal zwaar overdreven. Ik beloof...’

‘Je hoeft mij maar één ding te beloven, Aab, en dat is dat je ervoor zorgt dat die griezel hier zo snel mogelijk het huis uit is!’

Hoofdstuk 7

De vroege ochtend was licht en zuiver, de zon was nog maar net op. Dauwdruppels glinsterden op het gras, vogels zongen, bloemen bloeiden. Abel hield van dit moment. Alles was in balans, niets behoefde verbetering. Er hoefde geen onkruid gewied, niets gerepareerd en niets gebouwd.

Het kon wel, maar het hoefde niet. Alles was goed zoals het was. Genietend stond hij op de hobbelkeitjes van de binnenplaats en liet zijn blik over de bomen en de bloemen glijden. Dit was het volmaakte Zijn. Niets doen, alleen maar Er Zijn. Hij voelde zich bijna astraal, alsof hij zijn stoffelijk lichaam was ontstegen. Hij sloot zijn ogen en hief zijn gezicht naar de zon. Gelukzalig snoof hij de geur van de ontwakende natuur op en blies de lucht langzaam weer uit. Wow, dichter bij het ultieme Zijn zal ik niet komen…

'Hé lange! Sta je te pissen daar of zo?' Achter hem kwam Sjeng de keuken uit. 'Ik heb trek in koffie!'

Kort daarop kwamen de eerste gasten beneden en barstte de ontbijtdrukte in volle hevigheid los. Terwijl Abel met volle dienbladen heen en weer snelde tussen de tafeltjes op de binnenplaats en de keuken, ging zijn telefoon.

'Abèl?'

'Ja?'

'Jean-Claude hier. Bébert, onze kat, is weggelopen.'

'Ach jee…'

'Ik hoorde van Angela dat die vriendin van je vriend zoekgeraakte katten kan opsporen.'

Abel grinnikte. 'Wie weet...'

'Kun je vragen of ze langskomt? We hebben overal gezocht, maar dat beest is al drie dagen spoorloos. Annabelle is in alle staten.'

Twee uur later zaten Abel, Jean-Claude en Annabelle aan de keukentafel van Jean-Claudes wijndomein. In spanning keken ze naar Kimberley die tegenover hen volop bezig was binnen te treden in een andere dimensie.

Met gesloten ogen wreef ze met haar vingertoppen over haar slapen. Een minuut ging voorbij. Misschien wel twee. Met een gespannen blik volgden de drie tegenover haar elke beweging. Opeens begon Kimberley te spreken, haar ogen nog altijd dicht. Maar het was alsof iemand anders sprak via haar. Kimberleys stem was vreemd laag en ze sprak heel dik en langzaam. 'Bos... Ik zie een bos.' Een paar seconden bleef het stil toen zei ze met die vreemde lage stem: 'Wat ik ook zie is water. En een haan. Dat kan ik niet goed plaatsen.' Het bleef stil. Toen zei ze met haar dikke stem: 'Dank jullie wel...'

Ze opende haar ogen en haalde diep adem. 'Laat me heel even...' Ze klonk weer gewoon. Een poosje masseerde ze haar slapen, daarna sloot ze haar ogen weer. Meteen schoot ze overeind. 'Heeft u pen en papier?' vroeg ze gehaast.

Annabelle sprong op en kwam terug met het gevraagde.

Snel begon Kimberley te tekenen. 'Bébert zit hier. Een huisje, een schoorsteen. Gras, stromend water en bos...' Ze schoof de tekening naar Jean-Claude. 'Herkent u dit?'

Hij bekeek de rommelige schets. Langzaam schudde hij zijn hoofd. 'Nee, dit zegt me niks. Ik...'

‘Wacht!’ Kimberley griste het papier terug en kraste met twee dikke halen een kruis in de linkerbenedenhoek.

‘Een kruis?’ zei Jean-Claude aarzelend.

‘Sorry, dit is alles…’

‘Is dat soms de kerk?’ vroeg Annabelle.

‘Hé!’ zei Jean-Claude. Hij tikte op de tekening. ‘Als dat de kerk is, dan zou dit de boerderij van Lafosse zijn. En daar loopt de Cêze!’ Hij greep zijn sleutels. ‘Kom!’

‘Ooo, mon doudouououou!’ Zingend van vreugde sloot Annabelle haar kat in haar armen en wreef haar neus in zijn vacht. ‘Waar was je nou? Mama was helemaal ongerust! Kom dan gaan we vlug naar huis. Dan krijg je lekkere brrrrokjes!’ Met de kat tegen haar borst stapte ze achterin Jean-Claudes kanariegele Renault Express en schoof naast Kimberley. ‘U bent echt een mirakel! U bent geweldig!’

Jean-Claude knikte instemmend en startte de motor.

***

Met een kalm gangetje reden Abel en Kimberley in het oranje campertje terug naar de mas. Abel had een cassettebandje met greatest hits uit de seventies opgezet en bewoog met een blije glimlach zijn hoofd in een soort happy headbangbeweging heen en weer op de beat van ‘The Year Of The Cat’. Ze reden door golvende heuvels met bloeiende lavendel en de muziek tilde het paarse landschap naar een magisch niveau.

Toen de gitaarsolo begon draaide Abel de autoradio nog een tandje harder.

‘Kan het wat zachter?!’ riep Kimberley.

‘Wat?’ riep Abel headbangend terug.

'Of het wat záchter kan!'

'O sorry!' Hij dimde de muziek en schakelde terug om de poort van de mas binnen te rijden.

'Stop!' riep Kimberley plotseling.

In een reflex bonkte Abel keihard op de rem. De motor sloeg af en hij knalde bijna met zijn kop tegen de voorruit. 'Shit! Wat is er!?'

'Gevaar! Op de binnenplaats!'

'Oké. Dank je.' Abel glimlachte. 'Ik zal extra voorzichtig doen.' Hij startte de auto en reed de poort door. Meteen schoot vanuit het niets een goudbruine golden retriever voor zijn wiel. Met een noodstop wist Abel het dier te ontwijken. 'Fuck!! Hoe wist je dat?'

Verontschuldigend haalde ze haar schouders op. 'Weet ik niet.'

Ze stapten uit. De hond sprong kwispelstaartend tegen hen op. Vanaf de tafeltjes kwam een man aanrennen, zwaaiend met een rode hondenriem. 'Sorry!' riep hij. 'Neem me niet kwalijk! Ik doe hem meteen aan de lijn. Bonje, kom hier!'

In de keuken maakte Abel een cappuccino voor zichzelf en een gemberthee voor Kimberley. 'Hoe wist je nou dat die hond daar losliep?' vroeg hij over zijn schouder.

'Dat wist ik niet. Ik zag het. In mijn geest.'

Met de koffie en de thee liepen ze naar buiten en schoven aan de buitentafel.

'En die kat van Jean-Claude?' vroeg Abel. 'Zag je die ook in je geest?'

'Niet precies, ik kreeg beelden door van plekken waar hij kon zijn. Het blijft altijd gissen, maar samen met het baasje komen we er meestal wel uit.'

Abel liet een respectvol gefluit horen. 'En dan kun je ook echt met die kat spreken.'

'Ja.' Ze blies in haar thee. 'Ik kan met allerlei dieren spreken.'

'Wat machtig interessant! Hoe doe je dat?'

Ze glimlachte. 'Ik heb wel 'ns het gevoel dat je ziel een soort onzichtbare tentakels heeft die zich heel wijd uitstrekken. Tot ver buiten je eigen lichaam. Die tentakels verbinden je met andere mensen. Dat is niet raar, we zijn tenslotte kuddedieren. Maar ze verbinden ons ook met de dieren en de planten en de bomen. Ik denk dat alles wat ademt en wat groeit met elkaar in verbinding staat. Als je je daarvan bewust bent kun je met die andere wezens communiceren.'

'Hoe gaat dat dan?'

'Ik ben al van kinds af aan gek op dieren en op een gegeven moment, ik was geloof ik een jaar of twaalf, werd ik me ervan bewust dat ik bepaalde gevoelens van dieren zelf ook voelde. Dat veranderde mijn leven.'

'Op wat voor manier?'

'Ik schaamde me ervoor. Ik was bang dat ze me gek zouden vinden als ik het zou vertellen. En ik wist ook niet zeker of het wel echt zo was. Daar heb ik heel lang mee gezeten. Tot ik het uiteindelijk heb toegelaten. Ik dacht: ze bekijken het maar, wat ik voel met dieren is echt, dus ik accepteer dat ik een soort gek ben.' Ze glimlachte en nipte van haar thee. 'Dus toen was ik officieel een mafketel.'

Abel grinnikte. 'Welcome to the club... Dat dacht ik vroeger ook altijd. En nog steeds eigenlijk. Maarre... even in de praktijk: hoe praat je met een kat? Miauwen?'

Kimberley lachte. 'Nee joh, als iemand komt met een kat, dan neem ik dat beest mee naar een rustig plekje en dan treed ik met haar in verbinding.' Ze keek Abel even schuin aan, om te zien of hij haar serieus nam.

Hij knikte bemoedigend. 'Ja?'

'Dan kan ik in haar hoofd kijken. Ik zie dan wat ze voelt. Dan roep ik zelf beelden op die daarbij passen en die stuur ik terug.'

'Jeetje… Schrikt zo'n kat daar dan niet van? Opeens allemaal beelden van een ander in z'n hoofd?'

'Zeker! Daarom vraag ik altijd eerst of ze wel zin heeft om met mij te spreken.'

'En?'

'Het antwoord daarop is eigenlijk altijd ja.'

'Echt waar?'

'Ja, net als mensen vinden dieren het prettig als er naar ze geluisterd wordt. Met name honden zijn enorme ouwehoeren.'

Abel schoot in de lach. 'Is dat zo?'

'Nou! Honden kletsen je de oren van je kop!' Ze rechtte haar rug en wierp met een krachtige hoofdbeweging haar blonde haar naar achteren. 'En als we helder contact hebben en we kunnen in elkaars hoofd kijken, dan begint het. De kat stuurt mij beelden om mij te laten voelen wat er met haar aan de hand is. Of ze pijn heeft, of angstig is, of eenzaam. Die beelden verschijnen dan in mijn hoofd.'

'Wat mooi! En dat lukt altijd?'

'Meestal wel. Maar ik dring nooit aan. Ik laat ze alleen vertellen wat ze kwijt willen. Dan ontstaat er een vertrouwensrelatie en kan ik een gesprek voeren met een kat. Of met een hond of een paard. Ik heb zelfs een keer contact gehad met een buizerd met een gebroken poot.'

'Wow,' zei Abel. 'Praten met een buizerd. Dat lijkt me helemaal te gek! Zou ik dat ook kunnen leren?'

'We kunnen wel 'ns wat proberen, maar jullie hebben geen dieren hier.'

‘Nee.’ Abel zoog op zijn wang. Opeens kreeg hij een idee. ‘Buurman Zwijnekop heeft een varken!’

***

De buurman was niet thuis, maar Abel wist de weg.

‘Hier is het.’ Hij ging Kimberley voor en sloeg een paadje tussen twee bouwvallige schuren in. Een vleug mestgeur walmde hun tegemoet. ‘Misschien had je een wasknijper op je neus moeten zetten,’ grinnikte hij.

‘Niet zeggen,’ fluisterde Kimberly. ‘Varkens zijn heel gevoelig. Je moet uitkijken wat je zegt. Doe alsof je een date hebt met een nieuwe vlam.’

‘Een date met Nini,’ grijnsde Abel, hij trok de staldeur open en stapte naar binnen.

Door de overgang van het felle zonlicht naar de donkere stal zag hij even niets, maar aan het geritsel van het stro was te horen dat hun komst niet onopgemerkt was gebleven. De stank van varkensmest sneed hem de adem af. ‘Djiezus! Wat een...’

‘Ssst! Denk aan je date!’

In het schemerduister van het hok lag een groot roze varken. Ze stak haar vochtige snuit in de lucht en keek de bezoekers met kleine lichtblauwe varkensoogjes nieuwsgierig aan.

‘Bonjour Nini!’ zei Abel. ‘We komen even bij je op visite. Dit is Kim.’

Kimberley kwam naast hem staan. Ze leunde met haar ellebogen op het hek van aangevreten oude planken dat de afscheiding vormde. ‘Hallo Nini.’ Ze stak haar hand uit met een glanzend rode appel. ‘Kijk ’ns wat ik voor je heb?’

Het varken krabbelde overeind en schommelde op haar af.

Begerig knorrend hapte het de appel uit haar hand en begon die smakkend op te eten. Stukjes appel vielen aan weerszijden uit haar bek.

'Lekker hè?' zei Kimberley. Het klonk alsof ze oprecht meegenoot van de smaak van de appel. Het beest snuffelde aan haar uitgestoken hand en likte aan haar vingers.

Kimberley legde haar hand op Nini's kop en krabbelde in de stugge witte haartjes tussen haar oren. 'Hallo lieve schat... hoe gaat het met je?' Ze sloot haar ogen.

Verbaasd zag Abel hoe het reuzenvarken zich de toenadering liet welgevallen. Vreemd, want doorgaans was het grote beest nogal nors en bijterig. Buurman Zwijnekop had hem meerdere malen gewaarschuwd zijn hand uit de buurt van haar gulzige kaken te houden omdat het hem anders wel eens op het verlies van een paar vingers kon komen te staan. Achter hem piepte de staldeur open, een streep zonlicht viel over de rug van het varken.

'Wat moet dat?! gromde Zwijnekop. 'Ah, zijn jullie het!'

'Ssst,' fluisterde Abel. 'Kimberley praat met Nini!'

Vanonder zijn borstelige zwijnenwenkbrauwen keek Zwijnekop Abel wantrouwig aan. 'Wat?'

'Ze kan met de dieren spreken,' legde Abel fluisterend uit. 'Heb je niet gehoord van de kat van Jean-Claude?'

Zwijnekop, wiens stem doorgaans klonk als een rollend wijnvat, wist tot Abels verbazing zijn geluid te dempen tot een soort rochelend fluisteren. 'Ah, putain! Ja! Was zij dat!'

In de deuropening verscheen madame Zwijnekop.

Haar man draaide zich snel om. 'Ssst! Abèls vriendin praat met Nini!'

Madame knikte alsof dit de gewoonste zaak van de wereld was en keek nieuwsgierig naar de onbekende vrouw die met gesloten ogen hun varken tussen de oren stond te krabbelen. Nini was rechtop gaan staan en hing met haar varkenspootjes ontspannen over de rand van de planken afscheiding. Ze bewoog haar kop mee met Kimberleys liefkozende vingers en maakte zachte knorrende geluidjes. Om haar vochtige roze snuit lag een trek die sterk aan een glimlach deed denken.

'Hoe gaat het?' vroeg Abel fluisterend. 'Heb je contact?'

Kimberley knikte heftig. 'Ik heb supercontact!' giechelde ze. 'Nini heeft het over boer Zwijnekop, dat hij uit z'n bek stinkt en dat zijn vrouw een kop heeft als een potimarron, ik weet niet wat dat betekent, maar ik kreeg een beeld van een pompoen.'

'Ssst!' fluisterde Abel geschrokken. 'Ze staan achter je!'

Meteen trok Nini haar varkenspootjes van het hek, draaide Kimberley haar imposante achterste toe en schommelde naar een hoek van het hok waar ze in het stro ging liggen.

'Ik denk dat we beter kunnen gaan,' fluisterde Kimberley.

***

Abel was diep onder de indruk en wilde dolgraag ingewijd worden in de geheimen van het spreken met dieren. Kimberley zwichtte voor zijn argument ('dan kan ik de B&B-gasten beter begrijpen') en in de dagen die volgden brachten Abel en Kimberley regelmatig een bezoekje aan Nini. In de afzondering van de varkensstal werd Abel onderricht in de kunst van het woordenloos communiceren met dieren.

Hoofdstuk 8

'Het is veel te link, Ed. Ik kan dat echt niet doen.' Politie-inspecteur Agenant slaagde erin zijn stem te laten klinken alsof het hem speet. 'Kap hiermee, jongen. Die Schellekens is vrijgesproken. Als jij nu op je eigen houtje de Grote Wreker gaat lopen uithangen ben je zelf een crimineel. En je bent geschorst. Ik mag niet eens met je praten! Zelfs dit belletje kan me al de kop kosten!'

'WhatsApp-bellen is safe, Henk,' zei Bonkers. 'Dat weet jij ook.' Hij probeerde de rode ballon agressie die hij in zijn borst voelde opzwellen de kop in te drukken. Rustig blijven. Na het proces was er nieuwe info over Schellekens binnengekomen. Waar hij nu dus niet meer bij kon. En die lul van een Agenant wou niet meewerken. Van je collega's moet je 't maar hebben.

Hij gooide het over een andere boeg. 'Henk, ik zeg het je nog een keer: ik gá niet achter Schellekens aan. Het is een klootzak, maar hij is klein bier. Ik wil de grote jongens áchter Schellekens hebben. Dat wil jij ook. Maar Schellekens is nog steeds onze enige lead. Ik hoor dat jullie een nieuwe getuige tegen 'm hebben?'

Er kwam geen reactie. Bonkers haalde een paar keer diep adem en slaagde erin een vertrouwelijke toon in zijn stem te leggen. 'Henk, ouwe reus, we hebben deze hele klus samen gedaan. En ik wil het ook samen afmaken. Het is natuurlijk klote dat ik nu even op non-actief sta, maar een voordeel is dat ik daardoor de regeltjes wat vrijer kan interpreteren, dus ik ga rustig door. Maar ik hou je via WhatsApp aangelijnd, dus je blijft op de hoogte. Alleen moet ik dan wel bij het dossier kunnen...'

Bonkers wachtte in spanning. Het bleef stil aan de andere kant.

'Henk?'

Stilte.

'Please?'

Agenant slaakte een diepe zucht. 'Oké dan.'

***

Opgewonden prutste Bonkers de stick in zijn laptop en klikte hem open. Eerst verscheen het donkerblauwe politielogo met eroverheen een rood stempel VERTROUWELIJK. Van zijn telefoon las hij de codes die Agenant hem had geappt en toetste ze in. Ondanks zijn jarenlange ervaring overviel hem een gevoel van spanning. Yes! Het PDF-document ging open! Haastig gleden zijn ogen door de tekst.

Weinig wat hij niet al wist. Juist voordat hij met een moedeloze zucht zijn laptop wilde dichtklappen, bleef zijn blik haken bij een kleine foto. Hij zoomde in. Het was een lange man in overhemd met stropdas en colbert. De opname was met een telelens recht van voren gemaakt en de man keek met een scherpe blik in de lens alsof hij wist dat hij werd gefotografeerd.

Fronsend las Bonkers de bijbehorende tekst. 'Kaiser Ehrlich, 05.01.1979. Opleiding korps mariniers (niet afgemaakt), studie bedrijfskunde (niet afgemaakt). Geen strafblad. Eigenaar/grootaandeelhouder van belastingadviesbureau Castrum in Breda. Werkt voor een aantal kopstukken in de georganiseerde misdaad. Ehrlich staat in het circuit bekend als "Miele" vanwege zijn grootschalige witwaspraktijken. Mogelijk tot medewerking bereid.'

Bonkers nam een slok koffie. 'Miele wast witter,' grijnsde hij. 'Deze laaielichter gaat mij Schellekens leveren...'

***

De voormalige motorbendeleider leek het uitstekend naar zijn zin te hebben op het Zuid-Franse platteland en ook Kimberley voelde zich er als een vis in het water. De aanvechting terug te keren naar het zigeunerkamp in Nederland leek bij geen van beiden erg urgent aanwezig te zijn. Sterker nog, op de mas had zich onder de vier nogal afwijkende persoonlijkheden een dagelijks leventje ontwikkeld. Hoewel, afwijkend, Angela en Kimberley konden het goed met elkaar vinden. Samen runden ze zo ongeveer de volledige B&B. Dit tot groot genoegen van Abel, die zich nu meer kon wijden aan waar hij het meest van hield: zijn wijn. Hetgeen weer in het voordeel uitpakte van de gasten, die hierdoor gevrijwaard bleven van zijn wispelturige capriolen.

Sjeng hield zich overdag bezig met telefoongesprekken in onverstaanbaar Brabo's waarvoor hij zich afzonderde onder de pergola. In de tijd die overbleef hielp hij Abel met allerlei klusjes.

In de tijdloze rust van de wijnkelder was Abel zachtjes in zichzelf neuriënd een barrique aan het schoonmaken. De ruimte was doortrokken van de geur van rode wijn en tijdens het schrobben droomde Abel weg in fantasieën over alle gouden medailles die zijn godendrank dit jaar nu eindelijk zou gaan winnen.

Achter hem kraakte de kelderdeur open en een streep daglicht viel over de rijen wijnvaten.

In de deuropening verscheen Sjeng. 'Zo. Alweer aan het wijn zuipen?'

'Nee, helaas niet,' lachte Abel. 'De zomer komt eraan en dan wordt het in deze bovenkelder te warm. Dan verplaats ik de wijnvaten naar de kelder hieronder. Maar ze zitten vol, dus pomp ik de wijn eerst over in een ander vat, dan rol ik ze leeg naar beneden en laat ik ze daar met een slang weer vollopen.'

Sjeng liet zijn blik over de rij vaten glijden. 'Hoeveel zijn het er?'

'Veertig.'

'En die wil je allemaal eerst leeg laten lopen en dan weer vullen?'

'Yep.'

'Wat een gekkenhuis, man! Waarom rol je ze niet gewoon naar beneden?'

'Een vol vat wijn? Rollen? Zo'n joekel weegt driehonderd kilo!'

Aan het einde van de dag had Sjeng in zijn eentje veertig volle wijnvaten naar beneden gerold. Met een tevreden grijns sloeg hij het stof van zijn handen. 'Nou, dat ging lekker.'

Vol verbazing keek Abel hem aan. 'Man, jij bent een monster!'

'Zeg,' zei Sjeng toen ze even later met een biertje onder de pergola zaten. 'Wat betekent "à vendre"?'

***

Allemachtig, Sjeng,' zei Angela terwijl ze een pan ratatouille op tafel zette. 'Wat kan die vrouw van jou werken! Daar heb je een goeie aan hoor!'

Sjeng glimlachte en kroelde even door Kimberleys haar. 'Ja, Kimmie is een tijger!'

'Gelukkig maar,' grinnikte Abel terwijl hij de wijnglazen vulde. 'Dat ga je nog hard nodig hebben.'

'Waarom?' vroeg Angela

'Sjeng is verliefd.'

'Huh?'

'Op de mas van Pic Leloup.'

'Nee!'

'Ja,' grijnsde Abel. 'Amor heeft een pijl recht in zijn schurkenhart geschoten.'

Sjeng grijnsde breed. 'Mooie ouwe zooi. Flinke lap grond d'r omheen, nergens buren. Kost haast niks.' Hij nam een slok bier. 'En Kim heeft het gevoeld en goedgekeurd. Het was een… wat was het ook alweer, Kimmie?'

Ze glimlachte. 'Het heeft een hele rustige energie. Er heerst vrede.'

'Maar Sjeng!' riep Angela. 'Die bouwval! Wat wou je daar in hemelsnaam mee beginnen?'

Het bleef stil. Abel stootte Sjeng in z'n zij. 'Kom op, amigo! Zég het!'

Sjeng maakte zich breed en zei met een lepe grijns: 'Ik word wijnboer.'

Hoofdstuk 9

Toen Sjeng daags later met Abel het notariskantoor in de stad verliet, was zijn gebruikelijke breedgeschouderde manier van lopen veranderd in een loopje dat je, als hij geen massief brok botten en spieren van meer dan honderd kilo was geweest, lichtvoetig had kunnen noemen. Totaal onverwacht was de aankoop van de mas van Pic Leloup van een leien dakje gegaan en Sjeng had bovendien het leeuwendeel van de koopsom kunnen betalen in pakjes bankbiljetten die de notaris zonder een spier te vertrekken in nette stapeltjes had uitgeteld op zijn bureau.

'Zeg,' zei Sjeng toen ze terugliepen naar de auto. 'Het is etenstijd. Kunnen we hier niet ergens wat bikken of zo? Elke dag die groentehap van jullie krijg ik ook een sik van.'

'Ja, sorry,' zei Abel. 'We eten nou eenmaal geen vlees.'

Sjeng wees naar de overkant van de straat. 'Daar zit een restaurant. Kunnen we eindelijk weer 'ns een keer normaal eten in plaats van dat konijnenvoer van jou.'

Met een kritische blik nam Abel het etablissement op. Ofschoon de buitenkant weinig losliet over wat er zich binnen zou kunnen afspelen, ademde de façade een zaaddodende deftigheid. Een koperen bord op de gevel vermeldde in roze neon krulletters: RESTAURANT ETOILÉE L'ESCARGOT D'OR.

'Oei!' zei Abel. 'Dat is een sterrentent.'

'Nou en?' zei Sjeng schouderophalend. 'Als ze maar een goeie biefstuk kunnen bakken...'

Binnen was het restaurant geheel verlaten, maar de tafeltjes waren tot in de puntjes gedekt. Damasten kleedjes, borden waarop het servet op kunstzinnige wijze was opgerold tot een zwaan, geflankeerd door blinkend zilveren bestek en voor elk bord een batterij lege wijnglazen in oplopend formaat tot aan het model goudvissenkom. Zwijgend stonden de twee mannen naast elkaar en lieten hun ogen door het lege eetzaal glijden.

Plotseling verscheen van achter twee dikke roodpluchen gordijnen een meisje in drie maten te grote oberkleding. Ze was zo bleek dat ze bijna doorschijnend was. ‘Heeft u gereserveerd?’ fluisterde ze.

‘Nee,’ zei Abel.

‘Dan zal ik even kijken of we plaats hebben.’ Ze verdween door het rode pluche.

‘Wat gaat ze doen?’ vroeg Sjeng.

‘Ze gaat kijken of ze plaats heeft.’

Verbaasd keek Sjeng om zich heen. ‘Plaats? Er is geen hond. We kunnen toch gewoon gaan zitten?’ Hij trok bij het eerste de beste tafeltje een stoel naar achteren en ging zitten.

Daar was het bleke meisje alweer. ‘Daar niet!’ lispelde ze geschokt. ‘U kunt het tafeltje daar helemaal achter in de hoek nemen.’

‘We zitten hier prima, meid!’ zei Sjeng joviaal. ‘Doe nou eerst maar ’ns een biertje.’

Zonder een woord draaide ze zich om en verdween door het gordijn.

Even later was ze terug met een dienblad waarop twee flesjes Kronenbourg en twee glazen. Ze wilde een omstandig inschenkritueel in gang zetten, maar daar had Sjeng geen zin in. Hij greep de flesjes van het blad. ‘Laat die glazen maar zitten, mop.’ Hij hief zijn flesje in een proostend gebaar en zette het aan zijn mond. ‘Prut!’

Het meisje maakte zich schielijk uit de voeten, maar Abel wist haar terug te roepen en vroeg of ze wellicht de menukaart konden inzien. Dat kon, maar helaas bleef het bij deze toezegging; ze verdween en kwam niet meer terug.

Abel en Sjeng dronken bier en maakten grappen over dit restaurant en over de Fransen in het algemeen.

Na een tijdje wierp Sjeng een blik op de gordijnen waarachter het meisje was verdwenen. 'Krijgen we nou nog wat te eten of wat? Ik zou wel een heel paard op kunnen en we hebben verdomme nog steeds geen menu!'

De tijd verstreek zonder dat er iets veranderde. Sjeng wilde juist opstaan om persoonlijk achter de gordijnen poolshoogte te gaan nemen, toen er een rijzige heer verscheen in een zwart oberpak, op de revers van zijn jasje blonk een gouden druiventrosje. In zijn armen droeg hij twee in groen nepleer gebonden mappen van het formaat statenbijbel. Plechtig schreed hij naar hun tafeltje.

Daar aangekomen knikte hij minzaam, schraapte zijn keel en sprak met een hete aardappel: 'Messieurs, bonjour! Mag ik de eer hebben u namens restaurant L'Escargot d'Or en sterrenchef Michel Crottin onze menukaart aan te bieden.' Met een gebaar alsof het de Franse kroonjuwelen waren, overhandigde hij de nepleren boekwerken en vervolgde: 'Wanneer u uw keuze heeft gemaakt, zal ik u aan de hand van onze uitgebreide wijnkaart van een gepast wijnadvies voorzien. Mocht u desondanks nog vragen hebben dan sta ik natuurlijk te allen tijde tot uw beschikking. Ik wens u een aangename culinaire reis door onze menukaart. En voor straks: Bon appétit!'

Abel opende de kaart. 'Nou amigo,' grinnikte hij, 'wat doe je. Neem je de "op Schotse berkenkrullen gerookte reepjes lijngevangen heilbot uit de Golf van Biskaje met gletsjerzout uit de

Alpen in saffraansaus, overgoten met geschaafde zwarte Périgordtruffel"? Of heb je liever het "in Normandische landboter gebraden wilde duivenborstje met frambozenvinaigrette in een croûte van korstjes van reblochon en een in Bretons weidehooi gaar gestoomd half kwarteleitje"? Of...'

'Doe mij een biefstuk,' gromde Sjeng terwijl hij zijn flesje bier leegdronk. 'En nog een biertje.'

Abel slaagde erin de hete-aardappelober uit te leggen dat ze geen voorgerecht wensten, alleen het gerecht dat het meest in de buurt kwam van Sjengs voorkeur: eenmaal de côte à l'os van Limousinrund met een ragout van eekhoorntjesbrood en exotische vruchtjes gemarineerd in een saus van echalottes met rode Côte-de-Nuits premier cru, maar dan zonder het eekhoorntjesbrood, zonder exotische vruchtjes en zonder echalottesaus, maar wel met nog twee bier.

Zonder een spier te vertrekken nam de ober deze bestelling op en boog beleefd. 'Zoals meneer wenst,' zei hij met ingehouden woede, terwijl hij moet hebben gedacht: 'Krijg de klere, stelletje geteisem, ik hoop dat jullie erin stikken.'

Intussen hadden zich aan een tafeltje naast hen een man en een vrouw van middelbare leeftijd geïnstalleerd. De man droeg een wijnrode trui van lamswol met overhemd en Schots geruite das, zijn vrouw was gekleed in een diarreekleurig mantelpak. Ze hielden ieder een wijnglas ter grootte van een volwassen goudvissenkom met een bodempje rode wijn bij de steel vast en bewogen dat met een ernstige blik in een walsende polsbeweging heen en weer.

'Biodynamisch,' zei de man. 'Ik ruik hem hier al. Heel benieuwd.' Hij stak zijn neus in het glas en snoof luidruchtig. 'Hij geeft een stevige vonk in de neus.'

'Ja,' beaamde zijn vrouw, eveneens met haar reukorgaan in

het glas. 'Maar ook iets van leer. En nat jute...'

De man knikte. 'Ja, vleugje tabak ook. Nou, maar 'ns proeven dan.'

Tegelijkertijd namen ze een kieskeurig nipje. Als bij afspraak tuitten ze simultaan hun lippen en begonnen tweestemmig het geluid van een leeglopend gootsteenputje te imiteren. Tijdens dit ritueel trok de man een gezicht alsof hij op het punt stond de relativiteitstheorie te gaan uitleggen.

Na geruime tijd slikte hij het slokje breedvoerig door, kneep zijn ogen tot spleetjes en zei op diepzinnige toon: 'Hij is... aards... Héél aards...'

De vrouw knikte met een geconcentreerde frons. 'Maar aan de randjes wel wat springerig...'

'Ja,' stemde haar man in. 'Hij is zich duidelijk nog aan het ontwikkelen.'

De vrouw stak haar neus opnieuw in haar vissenkom en snoof met gesloten ogen. Even bleef het stil, toen zei ze: 'Drop, best wel veel ook, maar nog weinig floraals...'

'Nee, gelukkig wel een medium lichte toasting.' Hij bracht zijn vissenkom omhoog en keek door de wijn naar het licht. 'Geen overdreven dikke benen trouwens, niet van die kerkramen.'

'Nee,' zei zijn vrouw. 'Dit is in alle opzichten een agrarische wijn. Erg terroirgebaseerd.'

'Jawel,' protesteerde haar man, 'maar de mineralen zijn wel in balans. Dit komt evident van kalkgerelateerde grond, misschien een procentje of dertig klei.'

'Dertig of meer,' gaf de vrouw toe. 'Maar hij zit wel dik in zijn jas.'

De man knikte. 'Zeker, ik denk al gauw ergens rond de twaalf punt zeven, of zelfs twaalf acht.'

Abel had de conversatie met stijgende verbazing gevolgd, maar Sjeng trommelde met zijn vingers op tafel. 'Godver, wat is dit voor een zootje! Weet je zeker dat je die biefstuk goed hebt besteld?'

'Zeker. Rustig maar. Het komt er zo aan.'

'Het is mij wel best, die ballentent.' Sjeng pakte zijn telefoon en toetste na enig zoeken een nummer.

'Wie ga je bellen?'

Aan de andere kant werd opgenomen.

'Ja,' riep Sjeng. 'Pizza shoarma! Tweemaal!' Hij gaf een bevelende ruk met zijn hoofd naar Abel. 'Wat is het adres hier?'

Een kwartiertje later parkeerde de pizzakoerier zijn fiets tegen de gevel van L'Escargot d'Or en liep met twee warme pizzadozen het restaurant in.

'Ha,' zei Sjeng enthousiast. 'Goed bezig jochie!' Hij stak hem een briefje van vijftig toe. 'Asjeblieft. Dat is voor jou.' Hij klapte de doos open en snoof verzaligd de geur op. 'Hmmm... Lekker man!'

Uit de gordijnen stapte de ober met een kunstig opgemaakte creatie rond de côte à l'os van Limousinrund.

Sjeng keek op en grijnsde met volle mond. 'Eet die zelf maar op, chef. En doe ons nog twee bier!'

***

Thuis op de mas stond Sjeng er die avond op dat de aankoop van zijn wijndomein met de dames erbij in stijl zou worden gevierd.

'Tja', zei Abel. 'Er is hier eigenlijk niks. Alleen in het dorp, de Bar du Marché.'

‘Hebben ze daar een goed stuk vlees met friet?’

‘Absoluut.’

‘Dan trakteer ik.’

Het terras van de Bar du Marché zat behoorlijk vol, maar er was nog een tafeltje vrij. Reden voor Sjeng om direct een rondje voor de hele zaak te geven.

‘Het wordt hartstikke mooi!’ verklaarde de toekomstige wijnboer terwijl ze gingen zitten. ‘Jullie gaan nog wat meemaken! We gaan knallen in die ouwe hut. Daar gaan we een paleisje van maken.’ Hij sloeg zijn zwaar getatoeëerde arm om Kimberleys schouders. ‘En Kim begint een eigen winkeltje, hè Kimmie?’

Kimberley straalde. ‘Yes! Mijn droom. Een esoterisch centrum.’

‘Nogmaals gefeliciteerd,’ lachte Angela. ‘Leuk dat we nu buren worden!’

Sjeng stak zijn arm op. ‘Eens kijken of die pipo hier wat lekkers op de barbecue kan slingeren.’

Maar voorlopig had uitbater Jean-Luc geen oog voor hem. Zijn lange lijf voorovergebogen haastte hij zich zwetend langs de tafeltjes om overal de bestellingen van Sjengs rondje op te nemen.

Abel trok juist het plakkerige menukaartje van tafel toen zijn telefoon trilde. Hij haalde hem tevoorschijn. Bonkers, vermeldde het display.

Van schrik ontschoot hem een krachtterm en in een reflex drukte hij de oproep weg. Terwijl het schermpje weer zwart werd besefte hij dat hij er hiermee niet vanaf was. Integendeel. Dit was het begin van een heleboel ellende.

***

Het was schemerig in de mas van Pic Leloup en het rook er naar rottend hout en schimmel.

Aannemer Biasie liep voorzichtig over de vermolmde plankenvloer waarbij hij bij elke stap de plek waar hij zijn voet neerzette vooraf controleerde. Bij een draagbalk krabde hij met een door een onfortuinlijke klap van een klauwhamer donkerpaars gekleurde nagel aan het bemoste hout. ‘Die balken zijn nog keihard,’ concludeerde hij. ‘Maar eerst moet het dak dicht.’

‘Wat is platgooien in het Frans?’ vroeg Sjeng.

‘Ben je gek geworden!’ schrok Abel. ‘Het is een prachtig pand! Vierhonderd jaar oud! Kijk die dikke balken! Niet normaal, man!’

‘Heeft u een architect?’ vroeg Biasie.

‘Oei!’ Abel deinsde achteruit. ‘Is dat echt nodig?’ Zijn vorige ontmoetingen met deze ijdelste mensensoort op aarde en ver daarbuiten hadden niet bepaald een gelukkige afloop gekend.

Biasie grijnsde. ‘Ik kan ook zelf een tekeningetje maken, voor de begroting?’

Abel vertaalde het. ‘Prima,’ zei Sjeng. ‘Kan het zwart?’

Hoofdstuk 10

In het zachte ochtendzonnetje op de binnenplaats schoven de eerste B&B-gasten al aan de ontbijttafeltjes onder de plataan. De deur naar de keuken van de mas stond open, bij het aanrecht was Angela druk met het klaarmaken van de ontbijtjes.

Kimberley en Abel draafden heen en weer met bladen vol koffie, versgeperste jus, mandjes stokbrood en warme croissantjes.

Sjeng zat onder de pergola te bellen. Geeuwend roerde hij in zijn koffie en sloeg met een ongeïnteresseerde blik het ontbijtgebeuren gade.

Plotseling sprong hij overeind. 'Daar!' Opgewonden wees hij naar de blauweregen langs het balkon. 'Daar zit ie!'

De B&B-gasten stopten met eten en volgden met verbaasde blikken zijn gestrekte wijsvinger.

Abel keek om naar wat de consternatie veroorzaakte. Meteen trilde zijn telefoon. Bonkers. Zuchtend ging hij een eindje verderop staan en haalde zijn telefoon tevoorschijn. 'Ja?'

'Ben je al dood?'

Abel grijnsde. 'Nee. Jij?'

'Dus nog niks gezien van de Kolonel?'

'Nee.'

'Nou, hij zit nog steeds achter je aan. Maar ik heb een lead. Een contactpersoon die het bewijs gaat leveren waar ik hem mee kan nailen.'

'Bravo.'

‘Maar jij moet me helpen.’

‘Ik?’

‘Ja. Die vent zit in een gehucht bij jou in de buurt, Erretzu. Hij heet Ehrlich. Voornaam Kaiser.’

‘En wat wil je dat ik doe?’

‘Het is een uur of vier bij jou vandaan. Ik heb geen adres, maar ik app je een foto van hem. Het is de enige Nederlander daar, dus die heb je zo gevonden. Ik stuur je per koerier een envelop. Die heb je morgen in de bus, die lever jij bij hem af en klaar. Zo gepiept.’

Abel zuchtte. ‘Leg me heel even uit: waarom zou ik dat doen?’

Bonkers lachte kil. ‘Twee redenen. Eén: als ik Schellekens oppak kan hij jou geen kogel meer door je kop jagen. En twee: als je niet meewerkt pak ik je op voor die ecstasysmokkel. En reken dan maar op twee jaar bajes.’

Abel vloekte onhoorbaar.

Bonkers liet zijn dreigement even inwerken en besloot dat nu het moment was aangebroken om over te schakelen op de ‘soft approach’, de tactiek van het overhalen van de tegenstander door positief de verbinding te zoeken. ‘Luister, Abel,’ zei hij op vertrouwelijke toon. ‘Sjeng Schellekens hoort achter de tralies, we kunnen niet toestaan dat dit soort tuig vrij blijft rondlopen. Hij is niet alleen een gevaar voor de samenleving, hij is ook een bedreiging voor jou persoonlijk en voor je vrouw en je kinderen. Schellekens is schorem dat nergens voor terugdeinst. Om van die motorbende van ’m nog maar te zwijgen. Die man is echt een levensgevaarlijke crimineel.’

Achter Abel klonk gerucht. Hij keek achterom. Eekie zat bij de plataan, zijn staart omhoog. Sjeng hurkte op zijn knieën voor het zachtbruine diertje, in zijn uitgestrekte hand een hazelnootje waarmee hij Eekie probeerde te lokken. De naar achteren gespannen kont onthulde de harige bilnaad van een ruim bemeten bouwvakkersdecolleté.

'Juist,' zei Abel met een flauwe grijns. 'Een zware crimineel... Ik ga er over nadenken.'

Hoofdstuk 11

Abel en Sjeng waren bezig in de wijngaard. Ze werkten zonder te spreken, zoals mannen dat doen. Maar Abels hersens maalden in het rond als traag over elkaar schurende molenstenen. Bonkers bellen en melden dat hij de gevreesde voorman van de Gipsy Bandits hier in zijn B&B kon vinden of zelf de bak indraaien. Een duivels dilemma, want hoe je het ook bekeek, in beide gevallen was hij de klos.

Woordeloos in de zonovergoten wijngaard snoeiden de hippie en de bendeleider wijnstok na wijnstok. Hommels zoemden, vlinders fladderden, tijd vergleed.

Opeens vroeg Sjeng: 'Waar haalde jij die wietplanten eigenlijk vandaan?'

Verbaasd keek Abel op. 'Hoezo?'

'Nou ja, je maakte toch wiet hier?'

'Allang niet meer. Maar waarom wil je dat weten? Je hebt toch geen plannen, hoop ik?'

Sjeng knipte een vingerdikke wijntwijg door. 'Nee,' gromde hij gebogen over de wijnstok. 'Ik wou het gewoon weten.'

'Als je het maar uit je kop laat! Ik wil hier geen gelazer meer.'

Sjeng reageerde niet en zij aan zij werkten de mannen zwijgend door.

Abel hervatte de heksenkring van zijn gedachten. Sjeng overleveren aan Bonkers of zelf vermalen worden tussen de justitiële raderen. De bendeleider verraden was bepaald niet zonder gevaar. Als hij dat deed zou Sjeng zodra hij vrijkwam verhaal komen halen en dan zou hij geen genade kennen. Anderzijds was een paar jaar de bak in wegens ecstasysmokkel ook niet echt een aantrekkelijk vooruitzicht. En dan was er nog een derde mogelijkheid: wat als de bendeleider besloot om toch wiet te gaan kweken op zijn nieuwverworven domein? En dat die hele motorbende dan bij hem introk. Zijn nieuwe buren een horde van die enge doodskopvesten op zware motoren all over the place. 'Hoera! We hebben een nieuw clubhuis!' Hij kreeg een beeld van het slaperige terrasje van de Bar du Marché en hoe dat eruit zou zien met een woud van helse motoren voor de deur.

Tegen twaalven, de lucht boven de wijngaarden trilde van de hitte, was Abel er nog steeds niet uit. Eerst maar 'ns met Angela bespreken, besloot hij.

Schuldbewust, alsof hij Sjeng al had verraden door alleen al aan dit dilemma te denken, liepen ze samen terug naar de mas.

Bij thuiskomst bleken Angela en Kimberley met het campertje naar het dorp om boodschappen te doen en Abel en Sjeng gingen met een kop koffie en een flesje Kronenbourg onder de pergola zitten.

'Heet hier.' Sjeng schoof zijn stoel wat verder in de schaduw van de druivenranken boven hun hoofd.

'Nog een wonder dat je niet smelt,' zei Abel, 'met dat leren doodskopvest van je. Doe toch uit man.'

'Nooit!' gromde Sjeng. 'Dat vest doe ik nooit uit, dat is mijn tweede huid. De Gipsy Bandits heb ik zelf opgericht. Dat is m'n kindje.'

'Lekker kindje wel,' schamperde Abel. 'Ik zag dat het officieel tot een criminele organisatie is verklaard.'

'Hé!' stoof Sjeng op. 'Rustig an hè! We zijn een motorclub, jongen. Onthou dat.' Hij keek Abel fel aan. 'Gewoon een motorclub.'

'Kalm maar, ik zeg al niks meer.'

Sjeng gromde iets onverstaanbaars en nam een slok bier. 'Weet je trouwens, die pik die mij toen heeft gepakt, in de Efteling?'

'Ja?'

'Die zit nu zelf in de shit!'

'Wat?! Bonkers?'

'Ja, die! Hij heeft daar op mij lopen knallen. En dat is,' – hij pakte zijn telefoon en las het woord lettergreep voor lettergreep voor – 'dis-pro-por-tio-neel geweld.' Tevreden leunde hij achterover. 'En nou is ie geschorst! Bij kop en kont eruit gekickt! Hahaha.'

'Hij heeft me vanochtend nog gebeld!' In opperste verbazing ontglipte het Abel.

Over Sjengs gezicht viel een masker van wantrouwen. 'Wát!?'

Oei. Snel nam Abel een slok koffie. 'Mwoah,' zei hij luchtig. 'Niks bijzonders. Hij wou weten hoe het ging.'

Sjeng keek hem met half dichtgeknepen ogen aan. 'Hé lange,' – hij boog zich naar voren – 'je probeert me toch niet te naaien hè?'

Voordat Abel kon reageren greep Sjeng hem bij zijn T-shirt en rukte hem over de tafel naar zich toe. 'Wat wou die klootzak van jou?!'

Abel verslikte zich in zijn koffie. 'Hij zit achter je aan!' hoestte hij.

'Juist...' Langzaam trok Sjeng Abel nog verder naar zich toe en bracht zijn gezicht dicht bij het zijne. 'En? Ga jij mij verlinken?'

'Nee, natuurlijk niet!'

'Zeker weten?'

'Zeker weten!' piepte Abel.

Sjeng smeet hem terug in zijn stoel. 'Heel verstandig.'

Abel zoog zijn longen vol lucht en ademde uit alsof hij een kerkkaars uitblies. Hij krabde in zijn haar. 'Hij is een vent op het spoor die iets weet waar hij jou mee kan nailen.'

'O ja? Wie is dat dan?'

Abel ging er niet op in. 'Hij zit in een of ander dorp een uur of vier hier vandaan. Ik moet een brief bij hem afgeven.'

'Wat voor brief?

'Ja, weet ik veel!'

'Waarom stuurt ie die niet met de post dan?'

'Hij heeft geen adres. En hij heeft me bij de ballen, want als ik het niet doe pakt hij me op voor die ecstasyshit.'

Sjeng dronk zijn flesje bier leeg, zette het voorzichtig op tafel en zei langzaam: 'Dit gaan we oplossen.'

'Hoe dan?'

'Dat moet jij niet willen weten.'

'Nee!' riep Abel. 'Doe dat nou niet! Je zou wijnboer worden, weet je nog? Dan moet je dus geen mensen gaan lopen afknallen. Kap daar nou 'ns mee! Begin een nieuw leven, zonder dat agressieve gezeik!'

Sjeng grijnsde flauwtjes. 'Ik doe het niet zelf.'

'Wél! Als jij de opdracht geeft ben jij de dader. En dan sleep je ons mee in jouw shit!'

Sjeng zweeg. Het leek alsof deze uitbarsting hem aan het denken zette. Na een tijdje vroeg hij: 'Hij zei dus niet wie die vent was.'

'Nee.'

'Ik zou dat wel willen weten.'

'Dat snap ik.'

'Hoezo?'

'Het schijnt iemand te zijn die tegen jou kan getuigen, dus die ga jij meteen omleggen.'

'Hé lange!'

'Ja?'

'Zijn wij vrienden?'

'Ik dacht het wel ja.'

'Geef zijn naam en ik beloof je op het graf van mijn moeder dat ik hem niks doe.'

'Haha, ja hoor.'

'Ik zweer het. Bij het licht in m'n ogen. Ik doe 'm niks en ik láát 'm niks doen. Echt.'

Abel keek Sjeng onderzoekend aan. 'Echt?'

'Ik zweer het.'

Abel zuchtte diep. 'Oké dan. Die gast heet Ehrlich.'

Verbluft deinsde Sjeng achteruit. 'Ehrlich? Kaiser Ehrlich?'

'Dat is 'm.'

'Man,' zei Sjeng stomverbaasd. 'Dat is mijn boekhouder! Hoe komt díé in godsnaam hier verzeild!?'

Abel trok zijn schouders op. 'Geen idee.'

'Maar die gast is top. Hij is degene met alles op een rijtje. Hij kan je zo laten zien dat mijn bisnis legaal is, mijn autohandel is altijd goudeerlijk. Alles op factuur. Hij weet dat en hij kan het bewijzen.'

Abel schudde zijn hoofd. 'Sjeng, ik geloof je niet. Of misschien ook wel, dat weet ik niet. Maar dat maakt me geen zak uit, want ik doe niet mee. Die Bonkers bekijkt het maar. Voordat je 't weet zit ik weer tot over m'n oren in de shit. Ik ga het niet doen.'

Dit onverwacht krachtige besluit bleef een tijdje boven de tafel hangen.

De zon scheen, de krekels tjirpten.

'Waarom eigenlijk niet,' zei Sjeng opeens. 'Waarom doe je het niet gewoon? Je maakt een deal: jij levert die brief af en die pik geeft jou een getekende verklaring dat hij die ecstasy-aanklacht intrekt. Dan ben je d'r toch?'

Peinzend nam Abel hem op.

'Vier uurtjes rijden,' ging Sjeng door. 'Vroeg weg, even die brief droppen en vóór de gehaktballen ben je weer thuis. Niks aan de hand, man.' Hij leegde zijn flesje bier en zette het met een klap op tafel. 'Weet je wat?'

'Nou?'

'Ik ga met je mee.'

Hoofdstuk 12

Na een vervolgontmoeting met aannemer Biasie bij Sjengs wijnboerderij die Abel inmiddels De Plaats des Onheils was gaan noemen, liepen ze terug naar de mas.

'Sjeng,' zei Abel. 'Nog even over die brief brengen naar die boekhouder van jou. Stel dat ik dat toch doe. En jij gaat mee. Hoe weet ik zeker dat jij hem niet zodra je hem ziet zijn kaarsje uitblaast?'

Om zijn mate van vermoeidheid aan te geven maakte Sjeng het geluid van een briesend paard. 'Hou nou toch 'ns op, man! Natuurlijk doe ik dat niet! Dat heb ik toch gezegd? Hij kan juist bewijzen dat ik clean ben! Dan ga ik hem toch niet poppen!?'

Een tijdje stapten ze in een zwijgende cadans door het rulle zand van het pad.

Abel moest denken aan iets wat hij eens had gelezen, dat mensen die liegen vaker hun neus aanraken. Dat zou komen omdat bij spanning de doorbloeding van de neus verandert. Uit onderzoek met infraroodcamera's was gebleken dat de neus warm wordt als mensen liegen. Het Pinokkio-effect. Hij besloot extra op Sjengs neus te letten.

'Luister,' verbrak Sjeng de stilte. 'Ik heb nagedacht.'

'Bravo. Ik wist niet dat je dat kon.'

'Niet zeiken nu, wat ik al zei, ik ga wijnboer worden. Dus ik ga niet meer op pad met de jongens en met niemand niet. Ik word een braafmans.'

Abel schudde vermoeid zijn hoofd. 'Man man man...' Hij

wees naar een plat stuk rots langs de weg. ‘Laten we even gaan zitten.’

Onder binnensmonds gemopper van Sjeng installeerden de twee zich op de steen. Abel schroefde de dop van de thermoskan en schonk die vol. ‘Nog koffie?’

‘Prima.’ Sjeng trok de kan uit zijn hand en zette hem aan zijn mond. Hij nam een slok en proestte die meteen vloekend weer uit. ‘Godverdekut! Heet!’ Hij smeet de thermoskan op de grond waar die met een akelig glasgerinkel implodeerde en veegde met woeste halen de koffie van zijn kin.

‘Dat bedoel ik nou,’ zei Abel.

‘Wát!’ vloog Sjeng op.

‘Jij bent een bom, man. Een menselijke bom. Bij het minste geringste ontplof je. En dan is het huis te klein. Je zegt dat je wijnboer wil worden, maar wie weet ga je die boekhouder een kogel door zijn kop jagen!

‘Nee! Dat doe ik niet! Dat zeg ik toch?’

‘Nee, oké, je láát het doen. Dat is hetzelfde. Of eigenlijk nog erger...’

‘Nee!’ riep Sjeng. ‘Die droogkloot hoeft voor mij niet bang te wezen.’

Abel zuchtte. ‘Sjeng, jij bent een crimineel. Een badass. En dat vind je leuk. Je bent er trots op om een zo groot mogelijke klootzak te zijn.’

‘Oké,’ zei Sjeng. ‘Ik ben een klootzak. Maar ik kom er wél voor uit. En d’r zijn heel veel die ook een klootzak zijn, misschien nog veel erger en dan ik, maar komen er níét voor uit. Daar zie je het niet aan. Nette heertjes in nette kleertjes. Die zouden dolgraag ook zo zijn als ik, die zouden ook wel ’ns iemand een ram voor z’n bek willen geven of een flink pak geld jatten, maar daar zijn ze te schijterig voor. Die knijpen liever de kat in het donker. Kijken stiekem rare filmpjes of slaan hun vrouw of hun kinderen. En dan kunnen ze naar mij wijzen en zeggen: 'Dat is een klootzak! Die moet opgepakt worden.' Sjeng sloeg een denkbeeldig stofje van zijn stierenschouders en keek Abel met een trotse grijns aan. 'Dus ja jongen, je hebt gelijk. Ik ben een klootzak, een hele gemene klootzak. Maar daar kom ik ook recht voor uit.'

'Maar nu ga je een braafmans worden.'

'Zeker.'

'Waarom?'

Sjeng grijnsde. 'Een beetje rust in de tent kan geen kwaad. En m'n wijffie zou dat ook wel leuk vinden, dus...'

'Oké,' zei Abel. 'Gemene klootzak wordt braafmans. Prima, maar hoe moet ik zo'n gemene klootzak dan geloven? Op z'n mooie gemene ogen?'

Sjeng keek hem even peinzend aan, toen gleed zijn hand naar zijn motorlaars en trok een lang tweesnijdend mes met een ijzeren handvat tevoorschijn. 'Luister.' Met zijn duim bevoelde hij de scherpte van het lemmet. 'Ik beloof,' zei hij plechtig, 'dat ik Kaiser Ehrlich niet zal poppen.' Hij hief zijn mes. 'Kom op, maak je arm bloot.'

'Hè?'

'We worden bloedbroeders.' Op ernstige toon voegde hij daaraan toe: 'Die verraden mekaar nooit.'

Abel keek naar het mes en daarna naar zijn arm. 'Juist…'

'Ja,' zei Sjeng. 'Jij wil mij vertrouwen dat ik die gast niet omleg en ik wil zeker weten dat je mij niet verlinkt. Dus…'

'Wat wil je dan doen?'

'Ik maak een snee in je arm en ook in de mijne, we drukken de wonden tegen elkaar en ons bloed vermengt zich. Dan zijn we bloedbroeders. Steek je arm uit.'

'Dan krijg ik moordenaarsbloed in mijn lichaam!'

Sjeng grijnsde. 'En ik krijg hippiebloed in m'n flikker. Misschien ga ik m'n haar wel laten groeien en raar praten, net als jij.'

Met een pijnlijk vertrokken gezicht stak Abel zijn arm uit. 'Oké dan. Jij kan wel een beetje hippiebloed gebruiken. Maar rustig an hè!'

Terwijl Abel beduusd toekeek maakte Sjeng met zijn mes een snee in Abels onderarm en daarna in die van hemzelf.

'Snel nu!' Ze drukten hun bloedende wonden tegen elkaar.

Sjeng bracht zijn gezicht vlak voor dat van Abel, keek hem van heel dichtbij in zijn ogen en fluisterde: 'Nu zijn we bloedbroeders.' Hij drukte zijn wond nog wat vaster tegen die in Abels arm. 'Nu kunnen we nooit meer van mekaar af.'

Hoofdstuk 13

Angela lag op haar rug in het hemelbed en staarde door een kier in de gordijnen naar de maan. Naast haar verried een gestadig geronk dat de kasteelheer was afgereisd naar dromenland. Een gebied dat volgens haar in zijn geval weinig verschilde van de echte wereld. Ze lag daar stil, haar rossige krullen als een stralenkrans om haar hoofd op het kussen. Haar gedachten rolden over elkaar heen als knikkers in een doos. Uiteindelijk nam ze een besluit en schudde zachtjes aan de arm van haar slapende prins op het witte paard. 'Aab,' fluisterde ze dwingend en sprak de woorden waarbij elke man sidderend in de vluchtmodus schiet: 'We moeten praten.'

Angela had zich op haar zij gedraaid, met haar gezicht naar Abel. 'Jij gaat een brief bezorgen bij iemand die tegen Sjeng gaat getuigen,' zei ze zacht. 'En dan neem je Sjeng mee.' Ze keek hem onderzoekend aan. 'Wat gebeurt er toch in jouw hoofd, Aab? Hoe kan je zoiets doen? Daarmee teken je toch het doodvonnis van die man? Snap je dat dan niet?'

'Schatje toch! Sjeng heeft me beloofd dat hij hem niks doet. Integendeel: het is zijn boekhouder, hij wil hem beschermen omdat hij het bewijs kan leveren dat zijn bisnis legaal is.'

'Maar dat is precies het tegenovergestelde van wat Bonkers zegt!'

'Dat weet ik, maar ik moet kiezen wie ik geloof. Sjeng of Bonkers. Van Sjeng ben ik bepaald niet zeker, maar Bonkers vertrouw ik ook voor geen cent. Hij blijkt geschorst te zijn wegens gewelddadig optreden, dus die is bezig zijn eigen huid te redden. En als wij daarbij toevallig in de weg staan raast hij gewoon over ons heen.'

Angela sloot haar ogen. Een tijdje bleef ze zo liggen en ademde door haar neus. Toen deed ze haar ogen weer open en zei op zo rustig mogelijke toon: 'Aab, Sjeng is een crimineel. Nu zegt hij dat hij wijnboer wil worden, maar dat geloof je toch hoop ik zelf niet? Hij lust geeneens wijn! Ik ken je nu al dertig jaar en ik weet dat je goed van vertrouwen bent, veel te goed zelfs, maar nu maak je het echt te bont. Hij heeft dan wel die boerderij van Pic gekocht, maar god weet wat hij daar gaat uitvreten. Straks zit hij daar met die hele bende tuig van hem. Onze nieuwe buren, een motorbende met een ecstasy-lab! In godsnaam, Aab. Ik vind dat je Bonkers moet bellen. Hij kan hem oppakken en voor ons een protectieprogramma opzetten en dan…'

'Ach liefje toch,' suste Abel. 'Vind jij dan niet ook dat we Sjeng het vertrouwen moeten geven? Ik heb met hem gepraat. Hij wil een nieuw leven beginnen. Hij meent het, hij wil echt wijnboer worden. Laten we hem nou die kans geven! Toch? Poekie?' Hij sloeg een arm met een grote witte pleister om haar heen, trok haar naar zich toe en kuste haar wang. 'Weet je, misschien ben ik net als Kimberley ook wel bovennatuurlijk begaafd. Ik vóél gewoon wanneer ik iemand kan vertrouwen...'

***

Bij het afscheid in de keuken trok Angela haar man met zo'n heftigheid tegen zich aan dat de keukentafel een halve meter van zijn plaats kwam. Met een mengeling van verbazing en schuldbesef kuste Abel haar lippen. 'Maar schatje, niks aan de poot, hoor. Een paar uurtjes naar Erretzu, briefje afgeven bij die boekhouder en vanavond ben ik weer thuis.'

Buiten klonk een soort onderaards vulkaangerommel. Abel wierp een blik door het raam. Op de binnenplaats zat Sjeng op zijn zwarte Harley Davidson. Hij had zijn handen op het hoge stuur en liet de motor brullen. 'Hé lange!' riep hij over het gedonder heen. 'Komt 'r nog wat van!?'

Abel draaide zich om en omhelsde Angela. Hij begroef zijn neus in haar krullen en snoof haar geur op. Opeens werd hij overspoeld door een golf weemoed. Over haar hoofd keek hij naar buiten. De okergele muren van de oude schuur, de Provençaalse dakpannetjes, de houten luiken. Au revoir levensdroom, zei hij onhoorbaar. Hij streelde Angela's haar. Au revoir, liefde van mijn leven. Je ridder trekt weer 'ns voor je ten strijde... Zal ik je ooit terugzien?

Buiten klonk opnieuw woest motorgebrul. Hij richtte zich op. 'Ik moet gaan, Poekie.' Hij glimlachte. 'De reisleider heeft nogal een kort lontje.' Voorzichtig maakte hij zich los uit haar omhelzing en liep naar Sjeng die in het zadel van zijn motor ongeduldige armgebaren naar hem maakte. Abel zwaaide zijn been over de buddy seat en ging achterop zitten.

'Gaan!' riep Sjeng en rukte aan de gashendel. Abel kukelde zowat achterover en sloeg zijn armen om het middel van de bendeleider. Terwijl ze de poort uit denderden zat Abel met zijn neus tegen de brede rug met het doodshoofd en de bloederige dolk door de schedel. Het rook naar zweet, leer en gevaar. Hij snoof de lucht op. Misschien dat hij daardoor niet merkte dat hij zachtjes de melodie neuriede van 'Born To Be Wild'.

Terwijl ze langs de boerderij van buurvrouw Fifi daverden brulde Sjeng over zijn schouder: 'Heb je die brief?'

Abel voelde even aan zijn borst waar hij de dikke envelop met de DHL-stickers onder zijn vest had gepropt. 'Check!'

'Oké! Waar gaan we heen?'

Abel keek op zijn telefoon. 'Erretzu!'

'Wát?'

Abel lachte. 'Dat is Baskenland! In de Pyreneeën, bij de Spaanse grens. Ik zet 'm erin.' Hij tikte de bestemming in Google Maps en gaf zijn telefoon aan Sjeng. Die klikte hem in de houder op zijn stuur.

Na ongeveer een uur over departementale wegen begon het landschap te veranderen. Het werd woester, met kale rotspunten en uitgestrekte dalen begroeid met dichte loofbossen. Later ging de weg omhoog en voerde langs steile bergwanden en aan de kant van het dal lage stapelmuurtjes. Hier en daar stroomden kleine watervalletjes langs de rotsen.

Na het ronden van de zoveelste haarspeldbocht doemde een parkeerstrook op waar zich een ouderwetse vaalwitte stacaravan had gevestigd die nogal rommelig was verbouwd tot friteskraam. Onder een verweerde parasol van Motta-ijs wachtten een paar goedkope witte plastic stoeltjes op bezoekers.

'Bikken!' brulde Sjeng en kneep krachtig in de remmen.

Naast de culinaire caravan zette Sjeng zijn stalen monster op de standaard. De zon had haar hoogste punt bereikt en stond recht boven hun hoofd te stralen in een hemel vol blauw met hier en daar wat kleine witte vegen.

Abel rekte zich uit en ademde diep in door zijn neus.

'Ahhh… De geur van de bergen! De natuur! Lekkend hars uit de stammen van de dennen… Heerlijk!'

Ook Sjeng snoof de lucht op. 'Ja, frituur! Lekker!'

In de kraam stond een man die minstens even breed was als Sjeng. Hij had een groot hoofd, rond als een voetbal, in het midden gespleten door een brede grijns. Ter hoogte van zijn kaken ging zijn zwarte stoppelbaard ongemerkt over in een dichte hoofdbegroeiing van stekeltjeshaar. Een beharing die zich in wat mildere vorm voortzette op zijn armen en de bovenkant van zijn handen. Ergens tussen de vlezige rimpels van zijn voetbalgezicht fonkelden twee bruine kraaloogjes.

Hij leunde voorover en steunde met armen dik als hammen op de vitrine. 'Kaixo!' groette hij zijn bezoekers in het Baskisch.

'Ook zo,' zei Sjeng en monsterde het aanbod. De kraamopening was volgehangen met bossen in elkaar gevlochten gedroogde knoflook en strengen espelettes, de rode pepers die de Basken ervaren als het symbool van hun onafhankelijkheid. Aan een haak hing een bruin gerookte, afgehakte varkenspoot met aan de onderkant een minuscuul omgekeerd parapluutje waarin groen glanzende bromvliegen zich zoemend tegoed deden aan het vet dat uit de poot droop. Op de morsige toonbank stond een ijzeren standaard met eenzelfde soort varkenspoot, deels uitgebeend, het met zwart haar omkranste hoefje er nog aan.

'Zo,' gromde Sjeng. 'Hedde gij die net aangereden, Pablo? Doe mij maar unne goeien zak friet.'

De grote man in de kraam haalde zijn massieve schouders op. 'No frites.'

Hij wees naar de vitrine. Achter het glas lagen bergen slordig opgestapelde worstjes, in kleur oplopend van bloedrood tot vurig oranje. 'Txistorra!' zei hij trots.

Abel kwam naast Sjeng staan. 'Da's nog 'ns wat anders dan een kapsalon,' grapte hij, verwijzend naar Sjengs favoriete lunchgerecht.

Sjeng ging er niet op in. 'En dat?' Hij wees op de stapel vuurrode worstjes.

'Baskische saucis,' zei Abel. 'Flink pittig.'

'Con espelettes!' voegde de baas er trots aan toe.

'Oké,' zei Sjeng. 'Mik d'r maar een paar in.'

Op de glimmende tronie van de grote man verscheen een goedkeurende grijns. 'Ha! Hombre picante!'

'Si!' grinnikte Abel. 'Hombre muy picante!'

'Okay!' De baas trok een worst uit de stapel, slingerde die in een koekenpan die zo te zien sinds de Eerste Wereldoorlog niet meer was schoongemaakt en draaide het vuur hoog. 'Txistorra para mi amigo picante!'

Even later zette hij met een zwierig gebaar een snijplank met een zwart verbrande worst voor Sjeng neer.

Sjeng trok zijn mes uit zijn laars en prikte in de worst. Feloranje vet spoot eruit. Hij nam een hap en begon te kauwen. De baas en Abel sloegen hem verwachtingsvol gade. Wat zou de uitkomst worden van deze culinaire fijnproeverij?

Even gebeurde er niets, toen sprong Sjeng vloekend achteruit. De worst viel in het zand. Woest spuugde hij een half vermalen hap voor zich uit en sloeg zijn hand om zijn keel. 'Bier!' rochelde hij. 'Bier!'

'No beer!' riep de baas. Hij trok een fles uit de vitrine. 'Txacoli!' en stak hem de zure witte wijn toe waar de Basken zo trots op zijn.

Sjeng greep de reddende fles, zette hem aan zijn mond en dronk met gulzige slokken. Zijn gezicht vertrok alsof hij een tweeling moest baren, maar de uitspuugreflex van de kneiterzure wijn moest het afleggen tegen de acute nood om de smaak van de worst weg te spoelen, dus slikte hij het blussende druivennat door. Meteen sperde hij zijn ogen wijd open en schudde woest met zijn hoofd. 'Godallemachtig,' hijgde hij. 'Wat is dit voor zooi!?'

'Ho ho,' lachte Abel. 'Dat is de lokale wijn. Af en toe 'ns wat anders proeven is goed voor je. Andere culturen leren kennen, weetjewel.' Hij wendde zich tot de baas en wees op een door schimmel aangetast stuk kaas achter het glas. 'Doe mij een baguette met kaas.'

'Ardi gazta,' zei de baas instemmend. 'Van schapen die grazen in de bergen.' Hij sneed een paar dikke plakken af en belegde er een snee zwart brood mee. 'Mermelada?' Hij stak een lepel in een smoezelige pot met duistere inhoud.

'Nee, merci,' haastte Abel zich. Zoveel wilde hij nu ook weer niet proberen van een andere cultuur.

Hoofdstuk 14

Met de wind om hun kop daverden Sjeng en Abel steeds hoger de bergen in.

Abel keek opzij naar hun schaduw in de berm, twee mannen op een motor die precies even snel reden als zij, maar dan door het gras. Via een stenen boogbrug kruisten ze een beek die klaterend verdween tussen de rotsen. Een bord waarschuwde voor neerstortende rotsblokken. Toch jammer dat we geen helm hebben, dacht Abel. Maar helmen waren voor watjes volgens Sjeng.

In lome haarspeldbochten klommen ze hoger en hoger. De bossen werden schaars en maakten plaats voor kale rotsen, afgewisseld door weilanden met droog geel gras.

Bij het ronden van een bocht reden ze plotseling een enorme grijswitte wolk in. Om hen heen werd alles wit. Sjeng slaakte een dreunende vloek en rukte aan zijn remmen.

'Stop!' riep Abel.

Maar Sjeng stopte niet. Met zijn voeten over de grond reed hij langzaam verder door de dichte mist. 'Niks aan de hand,' gromde hij. 'Beetje bergmist. Zijn we zo weer uit.'

Meteen botste hij tegen iets op. Abel klapte tegen zijn rug, Sjeng verloor de macht over het stuur, de Harley sloeg tegen het asfalt en de mannen tuimelden over elkaar op de grond. Vloekend kwam Sjeng overeind.

'Een koe!' riep hij tegen Abel. 'We zijn verdomme tegen een of andere kutkoe aangeknald!'

De wolk begon op te trekken en onthulde de contouren van een groot bruin koebeest met vervaarlijke horens. Abel masseerde zijn pijnlijke knie. Achter de koe ontwaarde hij er nog een, en daarna weer een. 'Het is een kudde!' riep hij. 'We zitten midden in een kudde koeien!'

De koe met de reuzenhoorns deed een stapje naar voren en kwam met één poot op het wiel van de Harley te staan.

'Hé, donder op!' riep Sjeng. Hij liep op het dier af, greep het bij de horens en begon het naar achteren te duwen. 'Wegwezen, stom beest.'

Abel bukte zich en bestudeerde de onderzijde van de koe, waar een paar indrukwekkende ballen heen en weer bungelden. 'Sjeng!' riep hij. 'Weet je zeker dat dit een koe is?!'

Maar zijn vraag werd overstemd door de stier, die een woest geloei liet horen en snuivend zijn kop boog. Sjeng spande zijn spieren. Trillend van spanning stonden de twee met de koppen tegen elkaar. Sjeng zette zich schrap, brulde een aantal Brabantse krachttermen en duwde de stier stapje voor stapje naar achteren. Verbluft zag Abel hoe de stier zich langzaam achteruit liet dwingen.

'Zo,' zei Sjeng toen het reuzenbeest in de berm stond. 'En nou optieften.' Hij liep naar de Harley, trok hem overeind en zette zich in het zadel als een cowboy die zijn paard bestijgt. 'Kom op, lange! We moeten door!'

Met een kalm gangetje reden ze door een landschap van hoge bergen. Sommige begroeid met dichte bossen, andere kaal met grijze steenslag en rotspieken die zich scherp aftekenden tegen de strakblauwe hemel. Hier en daar waren zonloze hellingen bedekt met grauwwitte sneeuwvelden.

Plotseling hoorde Abel zijn voorman vloeken en meteen

minderde hun stalen monster vaart.

Sjeng parkeerde in de berm, trok de motor op de standaard en hurkte bij het voorwiel.

'Wat is er?' vroeg Abel.

Sjeng keek op met een gezicht dat op onweer stond. 'Die koe heeft m'n voorwiel gemold. Hier!' Hij wees op het ventiel. 'Zo krom als 'n hoepel.' Hij drukte zijn vinger erop. 'Lek! Je hoort het eruit sissen!'

Op het laatste restje lucht bereikten ze hoog in de bergen een gehucht van bouwvallige huizen, opgetrokken uit vierkant gehakte steenblokken.

'Itxassou,' las Abel van een roestig bord. Hij keek op zijn telefoon. 'Fuck, weer geen bereik.'

'Als ze maar een garage hebben,' gromde Sjeng. Hij zette de Harley voorzichtig tegen de muur van een half ingestort huis waar een boom uit het dak groeide.

Abel keek om zich heen. 'Die kans lijkt mij vrij klein.' Hij wees naar wat de hoofdstraat leek te zijn. 'Die kant maar 'ns op?'

Ze liepen door een lege straat langs verlaten huizen en gesloten winkels.

Halverwege troffen ze een kleine supermarkt. Op de stoep was een vrouw bezig kratten met groenten naar binnen te sjouwen. Op Abels vraag naar een garage schudde ze haar hoofd. 'Nee, niet hier. De dichtstbijzijnde is in Azberrou, een halfuur hier vandaan. Maar misschien kan Gabriël je helpen. Hij zit hier aan het einde van de straat rechts omhoog, het laatste huis.'

Gabriël had het postuur van een boomstronk. Zware schouders, dikke gespierde armen. Van oorsprong was hij smid, net als zijn vader, maar hij handelde ook in tweedehands landbouwmachines. Ze troffen hem in een hoge loods waar hij vonkenspattend bezig was met een slijptol een stuk ijzer in een bankschroef mores te leren. Toen Abel en Sjeng de motor de schuur in duwden, bracht hij zijn helse gereedschap tot zwijgen. 'Ha! Dat is het betere werk!' riep hij bij het zien van de Harley. 'Wat mankeert die schoonheid?'

Nadat hij het kromgebogen ventiel had bekeken, kwam hij overeind. 'Ik kan 'm heet stoken en proberen recht te buigen, maar als hij breekt zijn we de klos. Wat we beter kunnen doen is Ride-On, een vulmiddel. Goed spul, je spuit het in je band en je kan weer door. Ik moet hier ergens nog een bus hebben liggen.'

Sjeng stak zijn duim op. 'Doen!'

'Die zit,' zei Gabriël toen de band was hersteld. 'Willen jullie wat drinken?'

Hij ging zijn bezoekers voor en stak het erf over, een kale vlakte in de middagzon waar een paar rondscharrelende kippen een bad namen in het droge zand. Er hing een lome hitte en het enige wat de stilte verstoorde was het gezoem van de vliegen. In de schaduw voor de stenen trap van het woonhuis lag een Pyreneese berghond te suffen. Naast de keukendeur stond een met kippengaas bespannen kist waaruit een schril gepiep klonk. 'Kuikentjes,' verklaarde hun gastheer en hield de hordeur open.

In de keuken heerste chaos. Overal stond vaatwerk en verspreid over de ruimte lagen achteloos afgeworpen kledingstukken. Naast het aanrecht stond een heus wijnvat.

'Wow!' grinnikte Abel. 'Voor persoonlijke consumptie?'

‘Ach.’ Gabriël maakte een laconiek gebaar. ‘Je wilt toch een glaasje wijn op z’n tijd. We wonen nogal afgelegen, m’n vrouw en ik werken allebei, dus…’ Hij tastte achter het wijnvat en trok een fles tevoorschijn. ‘Voilà!’ Triomfantelijk hield hij een groezelig drankje omhoog. ‘De parel van Baskenland!’

Hij legde zijn arm op het tafelblad en veegde met een machtige zwaai stapels ongeopende post, tijdschriften, opengescheurde chipsverpakkingen en lege Pringles-kokers op de grond. ‘Ga zitten, mannen!’

Hun gastheer schonk drie smoezelige glaasjes tot de rand toe vol met een vloeistof die deed denken aan de urine van een zieke kameel. ‘Patxaran,’ zei bij trots. ‘Zelfgestookt van sleedoornbessen in cider. Bekketrek, noemen we het hier.’ Hij hief zijn glas. ‘Osasuna!’

Twee uur later typte Abel met onvaste vingers een appje naar Angela: Allo, liefje, ales goe? We hedden klein pechje mrt motor ds ik vtees dat w pas morge trug zin. Mar geen zorg w hevven het erg naar ons zon! xxxxx.

Het rode uitroeptekentje achter zijn bericht, dat aangaf dat zijn geruststellende missive niet was verzonden, ontging hem.

Met zwalkende hand hield Gabriël de fles boven zijn glas. ‘Nog een drupje?’

Juist toen Abel een instemmend gebrom wilde laten horen, werd de deur met kracht opengesmeten. Een dikke stallucht walmde de kamer in en hij zag een vrouwelijk nijlpaard in een vleeskleurige slobberbroek en groene rubberlaarzen binnenkomen. Een kort moment nam ze de situatie op, toen stootte ze een hees gebrul uit. Verbijsterd keek Abel recht in de roze diepten van haar openhangende mond met de natte flaplippen. In gedachten zag hij hoe daar een hele krop sla smakkend in werd vermalen.

‘Ahhh, schatje, bonjour!’ zei Gabriël. ‘Vrienden, mag ik jullie voorstellen: Dieudonné, de liefde van mijn leven.’

Dieudonné had een bol gezicht met diepliggende zwarte oogjes, een klont deeg waar iemand twee uitgekauwde dropjes in had gedrukt. Razend flitsten haar blikken heen en weer tussen de twee bezoekers.

‘Wat is dat hier!’ brieste ze tegen haar man. ‘Jij hier een beetje zitten zuipen en ik mag in de stal de koeienstront opruimen? En wie zijn die twee klaplopers!?’ Ze graaide een bezem uit de hoek en haalde uit naar Abel. ‘Opdonderen, lamlul! Weg met jullie! M’n huis uit, stelletje zuiplappen!’

Op de motor moest Abel alle zeilen bijzetten om te blijven zitten. De nachtlucht had allesbehalve een ontnuchterend effect op hem. Hemel en aarde tolden om hem heen. Om dit tegen te gaan sloot hij zijn ogen, sloeg zijn armen om Sjengs middel en drukte zijn wang tegen de brede leren rug met de doodskop. Ondanks dat hij zich achterop een voortdenderende Harley Davidson bevond, doezelde hij weg.

Hij schrok wakker toen Sjeng halthield. Knipperend met zijn ogen keek hij om zich heen. Ze stonden op een schaars verlicht dorpspleintje. ‘Waar zijn we?’ vroeg hij schor.

‘Geen idee,’ gromde Sjeng. ‘Dit is een hotel.’ Hij wees op een scheef hangend middeleeuws pandje van ruwe steenblokken met zwart geteerde balken in het metselwerk. Een afgebladderd bord op de gevel vermeldde: HOTEL DES VOYAGEURS, boven de deur hing een gietijzeren lamp in de vorm van een walmende toorts.

***

De gelagkamer was schemerdonker en had een laag plafond met dikke, bruin berookte balken. Aan een aantal tafeltjes zaten groepjes mannen te eten, te drinken of te kaarten. Uit de keuken klonken geluiden alsof daar het kampioenschap bordenkapotgooien werd gehouden.

Achter de toog stond een grote kale kerel met een vlezige hangwangen glazen te poetsen. Toen Sjeng en Abel voor de bar stonden keek hij niet op of om en vervolgde onverstoorbaar zijn bezigheden.

'Bonsoir!' zei Abel.

De waard wierp hem een geringschattende blik toe en gromde iets dat je als een begroeting zou kunnen opvatten.

Sjeng nam hier geen genoegen mee. Hij boog zich over de bar en riep: 'Hé chef! Heb je nog kamers vrij?' Abel vertaalde de vraag.

Zonder op te kijken ging de waard door met poetsen en schudde nors zijn kale hondenkop. 'Vol.'

'Zeker weten?' vroeg Abel.

De waard keek dreigend op. 'Ja. Hoezo?'

'Nou ja, zo'n gehucht als dit, buiten het seizoen, dus...'

'Ik had nog één kamer, maar die is net geboekt door die meneer daar.' Hij maakte een hoofdbeweging naar een corpulente man die alleen aan een gedekt tafeltje op zijn telefoon zat te kijken.

'Merde. Is hier nog een ander hotel?'

De waard keek op met een blik waarin heel even triomfantelijk leedvermaak schitterde. 'Nee.'

'Oei! Wat nu? We kunnen hier toch wel ergens slapen?'

Hij grijnsde. 'De schuur is nog vrij.'

'Oké. We gaan kijken. Waar is dat?'

Met een uitdrukkingloos gezicht greep de waard een nieuw

glas en gebaarde met zijn theedoek naar de deur waar de serviesgeluiden uitkwamen. 'Door de keuken, de binnenplaats over.'

Ze liepen de keuken in. Een aantal vrouwen was druk in de weer met stapels borden en zwartgeblakerde pannen boven vlammende gaspitten; niemand sloeg acht op hen. Over de vettige vloer manoeuvreerden ze tussen emmers met groenten en visresten door naar de achterdeur. De buitenlamp floepte aan en verlichtte een binnenplaatsje vol vuilnisbakken, lege flessen en kliko's met sterk geurend keukenafval. Ze liepen tussen de rommel door naar het schuurtje. Sjeng trok de deur open. Binnen klonk een verschrikt geknor en een zware mestwalm sloeg hun in het gezicht.

Vloekend draaide Sjeng zich om en beende met Abel in zijn kielzog terug naar het restaurant. Vlak voor de waard zette hij zijn handen op de bar en haalde adem voor een scheldkanonnade die de kalk van het plafond zou doen storten. Maar Abel schoot naar voren en zei poeslief: 'Hier zijn we weer, de schuur bevalt niet zo, dus we kijken even verder. Maar zouden we hier wel iets kunnen eten?'

De waard keek hem aan alsof hij iets was waarover hij was uitgegleden en schudde tergend langzaam zijn hoofd. 'De keuken is al dicht.'

'Maar die meneer dan?' Abel wees naar de man aan het gedekte tafeltje.

'Die heeft net op tijd besteld.'

'En?' zei Sjeng.

Abel legde uit wat er was gezegd. Zonder een woord draaide Sjeng zich om en liep naar de eenzame gast. Bij zijn tafeltje boog hij zich naar hem toe en sprak enkele woorden die Abel niet kon verstaan. De man keek verschrikt op en Sjeng zei weer iets. Haastig stond de man op en verliet het restaurant.

Bedaard kwam Sjeng terug naar de bar. ‘Die meneer moest plotseling weg. Wij mogen zijn kamer hebben en ook zijn maaltijd. Zeg maar tegen die baas dat hij overal dubbele porties van maakt. En bier.’

Terwijl Abel dit vertaalde, zag hij hoe de geschrokken gast met een koffer in zijn hand het hotel verliet.

De kamer was klein en benauwd en omdat hij direct boven de keuken lag hing er een sterke geur van verbrand vet. De ene helft werd in beslag genomen door een rommelig tweepersoonsbed, de andere door een driezitsbank vol vlekken waarvan je herkomst maar liever niet zou willen weten.

Sjeng liet zich op het bed ploffen. ‘Jij mag op de bank.’ Hij trok zijn laarzen uit en ging gekleed op de dekens liggen.

Lijdzaam schikte Abel zich in zijn lot. ‘Eigenlijk hè,’ zei hij op vertrouwelijke toon terwijl hij zich uitkleedde, ‘zijn wij een gouden team.’

‘O ja?’ bromde Sjeng ongeïnteresseerd.

‘Ja. Yin en yang, weetjewel. De duivel en de engel. Jij de power, ik de brains.’ In zijn onderbroek strekte hij zich uit op de bank en probeerde het zich gemakkelijk te maken. Wat niet meeviel, want zijn onderbenen bungelden een halve meter over de leuning. ‘Maar anderzijds,’ ging hij door, ‘zijn wij ook best wel een beetje hetzelfde.’

‘Jij? Hetzelfde?’

‘Ja. Ik ben ook een anarchist, ik hou me ook niet aan de wet, niet zo erg als jij, maar toch. Ik vind het wel gaaf om een beetje aan de zelfkant te leven. Vrije vogel weetjewel!’

‘Wat is de zelfkant?

‘Nou eh gewoon,’ Abel zette een Darth Vader-stem op en zei dreigend: ‘The dark side…’

Sjeng liet het er maar bij.

'Nou,' hield Abel aan. 'Het is toch zo?'

Sjeng zuchtte. 'Jochie, hoe ik leef, wat ik doe, daar weet jij helemaal geen ene reet van. Je hebt niet het flauwste benul.' Hij lachte smalend en deed Abel na. '"De dark side..." Jij hebt misschien ooit, ergens een keer een heel klein beetje gesnuffeld aan wat jij denkt dat "de dark side" is. Maar ik ben erin geboren, erdoor gevormd. Ik ken niks anders.' Hij draaide zich op zijn zij. 'En nou je kop houden, want ik ga slapen.'

Hoofdstuk 15

Kaiser Ehrlich was een lange, pezige man met een gezicht waaraan niets viel af te lezen. Zijn grijsdoorschoten haar hield hij kort geknipt en hij ging meestentijds gekleed in een grijze pantalon en kleurloos colbertje. Deze volstrekt neutrale uitstraling maakte dat hij een onopvallend bestaan kon leiden. Dat kwam goed van pas, want na een nogal grillige loopbaan had Kaiser zich ontwikkeld tot een geslepen accountant met als specialisatie sluiproutes naar internationale belastingparadijzen. Zijn klantenkring bestond dan ook voornamelijk uit ondernemers waar zowel de Belastingdienst als de politie grote belangstelling voor hadden. Een directe confrontatie met deze twee nuttige instellingen had Kaiser altijd weten te vermijden, maar nu was er in Nederland enige ophef ontstaan omtrent de handel en wandel van een van zijn meest prominente cliënten en het had Kaiser verstandig geleken zich even terug te trekken uit het alziend oog der media.

***

Erretzu. Achter deze ingewikkelde naam zou je niet snel een afgelegen gehucht van een handjevol vervallen boerderijen verwachten. Nochtans was het in het trotse bezit van een heuse mairie, inclusief een burgemeester: Paxti Jourgdonnax. Een gemoedelijk man die zich onder het motto 'Wat vandaag kan, kan morgen ook' ontspannen door het leven bewoog. Hij kocht zijn kleding graag een paar maatjes te groot, waardoor hij de illusie koesterde dat zijn imposante embonpoint, door zijn vrouw liefkozend 'zijn berenbuikje' genoemd, onzichtbaar bleef.

De burgemeester parkeerde zijn Lada Niva voor het vervallen boerderijtje, tilde een doos boodschappen uit de laadbak en droeg die het pad op naar de voordeur.

'Voilà!' Met een gekreun van inspanning zette Paxti de doos op tafel. 'Jij kan weer eten, Zoro.' Hij gebruikte het onvertaalbare Baskische woord dat zowel 'vos' als 'gek' kon betekenen.

Kaiser stak hem een paar bankbiljetten toe. 'Merci, mon grand.'

De burgemeester gromde iets onverstaanbaars, stak het geld in zijn broekzak en liep naar de deur. 'Tot volgende week.' De Moneymonk had hem gevraagd elke week een doos proviand bij deze Kaiser te bezorgen en dat deed hij. Als de Moneymonk iets vroeg, dan deed je dat. Altijd. Dat was beter voor je.

Nadat Paxti was vertrokken, rommelde Kaiser door de inhoud van de doos en liep naar het aanrecht met een pot piperade basquaise, een lokaal eenpansgerecht van tomaten, paprika en uien. Door onvoorziene omstandigheden had hij zich nogal abrupt uit Nederland moeten terugtrekken. Geheel tegen zijn gewoonte en tegen zijn zin had hij zijn belangrijkste opdrachtgever Sargon, bijgenaamd de Moneymonk, gevraagd of hij tijdelijk gebruik zou mogen maken van een van de woningen op zijn landgoed. Dat was dit krakkemikkige boerderijtje geworden. Het was bedompt en smerig, maar Kaiser was er blij mee.

Je zag het niet zo snel aan hem, maar Kaiser was zijn carrière ooit begonnen bij het korps mariniers. Daar had hij de volledige training doorlopen en zich met grote ijver bekwaamd in de edele kunst van het ongewapend vechten en een hele reeks andere vaardigheden. Hij had talent, vonden zijn meerderen. Alleen, zo schreven zij in zijn beoordeling, miste hij 'de echte korpsgeest'. Dat klopte. Kaiser merkte zelf ook dat het type humor van zijn maten niet aan hem besteed was en dat zijn rechtsdraaiende hersens beter tot hun recht kwamen bij het maken van Excel-sheets dan bij de macho matenhumor in het korps. Maar hier, teruggeworpen op zichzelf in de woeste natuur, merkte hij dat hij profijt had van zijn opleiding.

Hij had het boerderijtje een schoonmaakbeurt gegeven die het de laatste honderd jaar niet had gekend en dankzij Paxti's bezorgservice wist hij zich uitstekend te redden. Hij hield het hier nog wel even uit, temeer daar deze schuilplaats zo goed als onvindbaar was.

Hoofdstuk 16

Terwijl de zon haar hoogste punt bereikte daverde de Harley met haar twee markante berijders de uitgestorven hoofdstraat van Erretzu binnen.

'Hoe vinden we die gast?' riep Sjeng over zijn schouder.

Abel gebaarde naar een terrasje verderop in de straat. 'Even vragen in die kroeg daar!'

De middagwarmte hing loom tussen de huizen, overal waren de luiken gesloten. Abel liep achter Sjeng aan het café in. Na het felle zonlicht in de straat was het binnen donker als een graftombe.

Abel kneep zijn ogen tot spleetjes, het enige wat hij zag was een vitrinekast aan de muur met een spotje dat de prijsbekers zilver deed glanzen. Het rook er naar geroosterde garnalen en gebakken knoflook. Toen zijn ogen begonnen te wennen zag hij achter de bar een vrouw die bezig was lege wijnflessen te vullen uit een vat.

'Bonjour!' groette hij.

De vrouw veegde haar handen af aan haar schort. 'Bonjour!'

'Ik zoek een vriend die hier tijdelijk woont.' Hij toonde haar de foto op zijn telefoon. 'Dit is hem. Heeft u hem hier wel 'ns gezien??'

Ze trok een geen-ideegezicht. 'Nee, die ken ik niet.'

'Hij is hier nooit iets wezen drinken of zo?'

‘Nee, anders zou ik het wel weten.’ Ze dacht even na. ‘Je kan Paxti vragen. Hij is de burgemeester, misschien weet hij het. Hij woont hier om de hoek.’

In een klapstoel in zijn moestuin zat Paxti uit te puffen onder een appelboom. Voor hem stonden twee vreemdelingen. Ze waren zomaar zijn tuin in komen lopen en hadden hem in een lastig parket gebracht. Peinzend liet hij de snoeischaar in zijn hand open en dicht knippen. Een netelige kwestie. Als burgemeester van Erretzu kon hij niet net doen of hij niet wist dat Zoro hier verbleef. Het was dan wel een eind hier vandaan, maar toch... Wat wilden die twee? Die Hells Angel was linke soep en die slungelige hippie met z’n lange haar zou best ook een of andere moordenaar kunnen zijn. Mierda! Kon hij de Moneymonk maar even bellen, maar die had hem verboden contact te maken. Met knipperende ogen keek hij van de een naar de ander.

‘Volgens mij weet hij best waar die gast zit,’ zei Sjeng. ‘Ga jij maar naar buiten, ik praat wel even met ’m.’

‘No way! Doe even normaal man!’

Paxti kreeg een vermoeden van de aard van de conversatie tussen zijn twee bezoekers en begon te zweten. ‘Wat is er aan de hand?’ vroeg hij Abel.

‘Mijn vriend heeft nogal een kort lontje,’ zei Abel. ‘Hij wil dat ik u met hem alleen laat als u het adres niet geeft.’

***

Het adres dat Paxti hun had verstrekt bleek zich twaalf kilometer buiten het dorp te bevinden. Ze volgden de aangegeven route tot de weg heuvelopwaarts door een ruig gebied van bergen en bossen voerde. Via een onverhard pad, dat ze eerst drie keer voorbij waren gereden, bereikten ze een tweesprong waar ze een weinig bereden karrenspoor volgden. Na een kilometer liep het dood op een roestig schrikdraadje dat dwars over het pad was gespannen. Erachter vormden een paar boomstammen een bruggetje over een beek.

Abel stapte van de buddy seat, rekte zich uit en liet zijn blik over de bergwei glijden. In het midden lag het boerdijtje waar de gevluchte boekhouder zich zou moeten schuilhouden. Het was omgeven door bos en werd aan de achterkant begrensd door een half ingestorte stapelmuur en een aantal bouwvallige schuren. De boerderij was gemetseld met keien uit de beek en had een dak van platte leisteen. Uit de schoorsteen kringelde rook.

'Ha,' grapte Abel. 'Er wordt gekookt. Dat komt goed uit. Ik lust wel wat.'

Sjeng liet de Harley brullen. 'Haal dat draadje 'ns weg.'

Abel klopte op de DHL-envelop onder zijn vest. 'Laat mij maar. Als hij jou aan ziet komen schrikt hij zich te pletter.' Hij liep het bruggetje over en kuierde op zijn gemak naar de boerderij.

Hoofdstuk 17

Angela wist het toen ze de pastis-kan uit haar handen voelde glippen: kapot. Meteen spatte het vrolijk gekleurde kannetje in scherven op de keukentegels. In een flits zag ze het zonnige rommelmarktje in Saint-Tropez waar Abel en zij het ooit voor een habbekrats hadden gekocht. Ze vloekte hardop. Iets wat ze niet snel deed, maar momenteel was alles haar te veel. Abel had allang thuis moeten zijn. Voor de zoveelste keer keek ze op haar horloge; bijna negen uur, verdomme. Op tafel stond de wijn al twee uur geopend klaar, de feestelijke aspergeschotel stond te verpieteren in de oven. 'Kim!' riep ze naar buiten. 'Heb jij al wat gehoord?'

Kimberley kwam de keuken in. 'Helemaal niks.'

'Ik begrijp niet waarom hij niet even belt. Of appt. Dat doet hij altijd. Er is vast iets aan de hand.'

Kimberley reageerde niet.

'Jij denkt het ook hè?' drong Angela aan. 'Kun jij iets voelen? Waar ze zijn? Of hebben ze een probleem, is er wat met ze…'

Kimberley pakte Angela's hand. 'Maak je geen zorgen,' zei ze zacht. 'Ze zijn samen. En ze zijn veilig.'

Angela kneep in haar hand. 'Echt?'

'Ja, ze proberen naar huis te komen. Maar dat gaat niet. Er is iets... een obstakel…'

'Wat dan?'

Kimberley liet Angela's hand los en liep naar het raam. 'Ik weet het niet. Ik heb heel vaag beeld…' Ze sloot haar ogen en masseerde met haar vingertoppen haar slapen. 'Ze zijn in een bos. Een donker bos. Maar ze zijn niet alleen. Er is daar nog iets...'

Angela beende naar de tafel en greep de autosleutels. 'We gaan ze zoeken.' Ze pakte haar telefoon. 'We hebben de hele week geen gasten dus we kunnen zo weg.'

'Het is al negen uur! Wil je daar nú naartoe? In het pikkedonker? In een bos?'

Angela bleef staan. 'Shit.' Ze gooide de sleutels terug op tafel. 'Oké. Dan gaan we slapen en rijden we morgenochtend om vier uur weg.'

Hoofdstuk 18

Kaiser zat in de boerderij aan de keukentafel. Ooit had iemand er een goedkoop plastic kleed met afbeeldingen van jachttafe-relen op vastgeniet, maar die waren door de vele langwerpige brandplekken van smeulende sigaretten nog nauwelijks te onderscheiden. Hij bracht juist een hap hete piperade naar zijn mond toen een beweging buiten zijn aandacht trok. Hij stond op en liep naar het venster. Aan het eind van het pad stonden twee kerels! De grote herkende hij direct. Hij klemde zijn kaken op elkaar. Schellekens. De andere begon het pad naar de boerderij op te lopen. Kaiser vloekte binnensmonds. Haastig schoof hij zijn laptop in zijn schoudertas en verliet zijn schuilplaats via de achterdeur.

Zonder geluid te maken opende hij de deuren van de hooi-schuur en stapte in zijn Volkswagen Touareg. Ondanks dat de auto al een tijdje niet had gelopen, startte hij direct. Voorzichtig reed hij de schuur uit tot hij het pad kon overzien. In de verte stond Schellekens bij zijn motor, de lange kwam naar hem toe.

Kaiser gaf gas en scheurde het pad op.

Abel wilde de envelop alvast tevoorschijn halen toen een grote zwarte auto in volle vaart op hem af kwam stormen. Hij maakte een noodsprong opzij, voelde een daverende klap tegen zijn been en sloeg achterover tegen de keien.

Uit de verte zag Sjeng wat er gebeurde en startte vloekend zijn Harley. Hij trok zijn pistool onder zijn vest vandaan en scheurde recht op de naderende Touareg af.

Vlak voordat ze frontaal op elkaar zouden botsen, gaf Sjeng een ruk aan het stuur en vuurde een snelle serie schoten af. De voorruit versplinterde, de auto slipte, ramde met zijn achterkant de Harley, kwam met een klap tot stilstand tegen een rotsblok en viel in slow motion op zijn kant. Sjeng werd uit het zadel geslingerd en sloeg ruggelings tegen de grond, de Harley vloog omhoog en donderde boven op hem. Hij spande zijn spieren en met een soort oerbrul trapte hij de zware motor van zijn benen. Kreunend kwam hij overeind en strompelde naar de Touareg die op zijn kant tegen een rotsblok lag, de wielen machteloos draaiend in de lucht. 'Godverdegodver, kom hier vuile rat…'

Kaiser had het portier opengegooid. Hij klom aan de andere kant naar buiten, sprong op de grond en rende het bos in.

***

Abel zat tegen een rotsblok. Hij had zijn broekspijp omhooggetrokken en bestudeerde met een van pijn vertrokken gezicht zijn been.

Sjeng hinkte naar hem toe.

'M'n been...' kreunde Abel.

'Mijn Harley is naar de klote,' riep Sjeng woest. 'Da's veel erger! Die vuile hufter. We gaan achter 'm aan. Ik sloop 'm! Kom op!' Hij sloeg zijn hand onder Abels oksel en trok hem omhoog.

Abel schreeuwde het uit. 'Hé! Rustig!' Met een van pijn vertrokken gezicht liet hij zich weer zakken.

'Shit.' Sjeng wierp een hatende blik naar de bosrand waar Kaiser verdwenen was. 'Die vuile hufter! Ik hoop dat hij…'

Hij wenste de voortvluchtige boekhouder een serie ziektes toe waarvoor de medische wetenschap tot op heden nog geen oplossing had gevonden. 'Nou,' zei hij toen hij was uitgeraasd. 'Kun je lopen of niet?'

'Geen idee.' Voorzichtig betastte Abel zijn onderbeen. 'Het is niet gebroken, geloof ik.'

'Het bloedt wel,' zei Sjeng. 'Ik kijk even binnen voor een verband of iets.'

Zittend op de grond bekeek Abel zijn gewonde been. Zijn enkel was blauwpaars opgezwollen, in zijn kuit zat een bloederige wond.

Plotseling verscheen om de hoek van het rotsblok een groot ezelhoofd. Het had een grijze vacht, een witte neus en witte kringen rond de ogen. Over zijn kop zat een versleten hoofdstel waar een stuk doorgeknaagd touw aan bungelde.

'Hé…' riep Abel verrast. 'Waar kom jíj opeens vandaan?' Hij stak zijn hand uit. 'Wat een mooierd ben jij…' Zachtjes krabbelde hij het beest tussen zijn oren. De ezel liet zich deze ongewenste intimiteit welgevallen, duwde zelfs zijn kop tegen Abels hand.

Sjeng kwam aanlopen met een wit laken. 'Hé! Wat is dat? Een soortgenoot gevonden?' Hij scheurde het laken aan repen en wikkelde die om de wond in Abels kuit. 'Zo.' Hij trok het verband met een paar forse knopen aan. 'Dit houdt het wel even. Nou eerst m'n motor.'

Vloekend kwam hij terug. 'Total loss. Een splinternieuwe Harley. Veertig ruggen.'

Abel maakte meelevende geluiden terwijl hij de ezel achter zijn oor krabbelde. 'Ai ai, wat een ellende… En dat dorp is een heel eind hier vandaan.' Hij grabbelde in zijn zak naar z'n telefoon. 'Angela moet ons maar komen halen.'

Sjeng keek hem broeierig aan; hij leek zo verteerd door wraakgevoelens over het verlies van zijn stalen monster dat Abels woorden niet tot hem doordrongen.

Abel keek op het lege display. 'Fuck! Geen bereik! Heb jij bereik?'

Sjeng wierp een verstoorde blik op zijn telefoon en schudde zijn hoofd.

Abel zoog de lucht diep naar binnen en keek naar de zon die laag boven de bosrand hing. 'Over een uur of twee gaat de zon onder. Laten we naar het dorp lopen. Als we nu gaan, kunnen we daar vóór het donker zijn.'

Sjeng liet een minachtend gesnuif horen. 'Met die poot van jou?'

Abel sloeg zijn arm om de hals van de ezel en hees zichzelf overeind. 'We nemen hem mee.'

'Wát!?'

'Ja.' Abel klopte het beest bemoedigend op zijn hals. 'Als we 't niet redden draag jij me wel hè, ouwe makker?'

'Die beesten zijn stronteigenwijs, man. Die willen altijd de verkeerde kant op. Dus dat wordt een hoop gekloot. En het is nog steeds hartstikke heet. Ik zweet me nu al kapot!'

'Dan kijken we binnen voor water,' zei Abel. Zich vastklemmend aan de ezel hinkte hij met Sjeng naar de boerderij. In de gang vonden ze een plastic tas die ze vulden met wat ze vonden in de keukenkast. 'Voilà.' Hij gaf de tas aan Sjeng. 'Dat dorp is niet heel ver.'

Hoofdstuk 19

In het oranje Volkswagenbusje reden Angela en Kimberley over de route départementale naar het zuiden. Ze waren vroeg vertrokken en al een heel eind op weg. Een tijd lang voerde de weg langs heuvels met dichte eikenbossen, afgewisseld met weilanden waar groepjes kastanjebruine koeien lagen te herkauwen in de schaduw onder de bomen. Daarna, toen de bergen aan weerskanten hoog oprezen, werd de weg smaller en steeg met scherpe haarspeldochten. Af en toe passeerden ze een gehucht van een handjevol boerderijen, in verschillende stadia van verval, waar geen mens te bekennen viel. Kippen op het erf, wapperend wasgoed aan de lijn, geiten op het dak van een slordig in elkaar geflanst hok.

'Ha!' zei Angela. Ze las het plaatsnaambordje langs de weg. 'Erretzu. Hier moet het zijn.'

Naast haar zat Kimberley rechtop in de passagiersstoel, haar ogen gesloten. Angela klikte haar richtingaanwijzer aan.

'Rij door,' zei Kimberley plotseling.

Angela minderde vaart. 'Hoezo?'

'Ze zijn niet hier.' Ze sprak langzaam, met een lage toonloze stem, haar ogen nog steeds dicht. 'Ga rechtdoor. Ergens kom je bij een oude stenen brug. Daar gaan we de bergen in.'

Angela fronste. 'Weet je dat zeker?'

'Nee. Ik heb geen vastomlijnd beeld, maar ik volg mijn innerlijke stem. Dat is vaak goed.'

'Handig,' zei Angela. 'Zo'n menselijke Google Maps.' Ze zette haar richtingaanwijzer aan en gaf gas.

Ze passeerden de afslag naar het dorp en volgden de bochtige weg door een eenzaam gebied van bergen en bossen.

‘Let op, zo meteen komt die brug,’ zei Kimberley.

‘Ik zie nog niks.’

‘Toch komt ie.’

Ze reden door een scherpe bocht en voor hen verscheen een stenen boogbrug.

‘Allemachtig,’ zuchtte Angela. ‘Dit is bijna eng!’

Kimberley glimlachte. ‘Niks engs aan. Hier naar rechts.’

‘Dat bospad in? Weet je ’t zeker?’

‘Ik geloof dat ik het zeker weet.’

Na een minuut of tien voorzichtig manoeuvreren langs de kuilen in het pad bereikten ze een tweesprong.

‘Ik ga omkeren,’ zei Angela. ‘Hier kan het echt niet zijn.’

‘Jawel. Daar,’ wees Kimberley. ‘Daar moet je in.’

Zuchtend draaide Angela het oranje campertje een karrenspoor op. ‘Ik hoop dat dit oude pieremegoggeltje dat trekt. Als we hier een band lekrijden op een steen, zitten we echt in deep shit.’

‘Komt goed,’ zei Kimberley. ‘Het is niet ver m… Stop!’

Angela bonkte op de rem. De vrouwen schoten naar voren.

‘Wat is er?!’ riep Angela.

Kimberley hijgde. Ze gaf een ruk met haar hoofd, haar blonde haar golfde in het rond. ‘Pijn! Ik voel pijn!’

Hoofdstuk 20

Leunend op de ezel hinkte Abel achter de brede rug in het vest met de doodskop aan.

'Die beesten zijn helemaal niet zo koppig als ze altijd zeggen,' riep hij. 'Hij loopt hartstikke braaf mee!'

Zonder om te kijken haalde Sjeng zijn schouders op.

In een tweepersoons kolonne volgden Sjeng en Abel met zijn ezel het karrenspoor de heuvel af.

Voor de zoveelste keer keek Abel op zijn telefoon. Nog steeds geen bereik. Merde, Poekie wordt gek! Machteloos stak hij zijn telefoon weer in zijn zak. 'Hé, bloedbroeder!' riep hij naar de massieve rug voor hem. 'Ik dacht dat die boekhouder van jou zo'n droogkloot was!'

'Hij is gek geworden,' zei Sjeng zonder om te kijken. 'Of ze hebben hem gek gemaakt. Rare verhalen over mij verteld. Om 'm mij te laten verraaien. Vuile hufters.'

'Hij wou me doodrijden! En jou ook!'

Sjeng snoof minachtend. 'Dan moet ie nog een paar mannetjes meer meenemen.'

Ze kwamen bij een splitsing.

Sjeng maakte een gebiedend handgebaar. 'Linksaf. Hier kwamen we vandaan.'

'Links? We kwamen van rechts hoor!'

'Zeker niet. We kwamen van links. Ik reed toch?'

'Maar ik zat achterop. We kwamen van rechts. Honderd procent.'

'Lul niet man. Kom mee, tenzij je de bushbush in wil.' Zonder op antwoord te wachten sloeg Sjeng het linker weggetje in.

Machteloos vloekend sjokte Abel achter hem aan. 'Ik weet zeker dat hij ernaast zit, Plato,' zei hij tegen de ezel. 'Maar ja, wat kunnen we doen?'

Zijn reisgenoot flapperde even met een oor en stapte bedaard naast Abel voort.

Abel grijnsde cynisch. 'De lamme en de stomme.' Hij klopte berustend op de ezelhals. 'Nou ja, in elk geval hebben we elkaar.'

Na een halfuurtje begon de weg te stijgen.

'We gaan niet goed!' riep Abel naar Sjeng die een eind voorop was geraakt. 'Nu weet ik het zeker. Hier zijn we nooit geweest.'

Sjeng reageerde niet en bleef met grote stappen doorlopen.

'Kijk dan!' riep Abel. Hij wees naar het westen waar de onderkant van de zon een bloedrood waas over de boomtoppen wierp. 'De zon gaat al onder! Laten we teruggaan naar die splitsing man! En daar die andere weg nemen.'

Sjeng deed of hij niks hoorde en bleef stijfkoppig de heuvel op lopen.

'Merde!' vloekte Abel. 'Eigenwijze eikel! Zo meteen zitten we hier in het pikkedonker in the middle of nowhere!' Hij hing half over de ezel, die rustig naast hem bleef voortstappen. Niet te snel, niet te langzaam, precies goed. Het leek alsof het dier zijn snelheid aanpaste aan Abel.

De schemering viel nu snel. De maan kwam op, om hen heen kregen de bomen donkere contouren, alsof ze waren uitgeknipt uit zwart papier.

Abel hijgde. De wond aan zijn been klopte en bonsde. Half

om de nek van de ezel hangend sleepte hij zich voort. Een heel eind voor hem uit zag hij dat Sjeng zich omdraaide en terugkwam.

'Ik zie verdomme geen reet meer. Het is hartstikke donker. Straks flikkeren we nog in een of ander ravijn.' Sjeng wees over zijn schouder. 'Daar net was een schuurtje. Daar gaan we pitten.'

***

Abel bond de ezel aan een boom en hinkte de schuur in. De vermolmde deur hing los in zijn hengsels, tegen de muur stond een stapel stoffige strobalen, door het kapotte dak scheen spookachtig maanlicht naar binnen. In het achterste deel was ooit een boom door het dak gevallen en klimplanten overwoekerden een wirwar van gebroken balken en ingestorte steenblokken. 'Gelukkig hebben we de bruidssuite,' zei Abel vermoeid.

Sjeng gromde iets onverstaanbaars en schopte tegen een kring van zwartgeblakerde rivierkeien. 'Hier is een stookplaats. Ik maak een fikkie.' Hij ging naar buiten en kwam terug met een armvol droge takken.

De twee bloedbroeders zaten op strobalen bij het vuur, de vlammen wierpen een flakkerend licht op hun gezichten. Abel krabbelde overeind. 'Even dat beest halen.'

'Hoezo? Gaat ie op de barbecue?'

'Ezels zijn gezelligheidsdieren, die willen bij de mensen zijn.'

Abel kwam weer binnen, de ezel aan het touw achter zich aan. Hij trok een baal stro uit elkaar en spreidde dat uit op de grond. 'Zo, kijk 'ns Plato. Ga maar lekker liggen. Gezellig hè?'

'Plato?' zei Sjeng.

'Ja, zo noem ik hem. Plato, dat was een Griekse filosoof. Volgens hem waren de drie belangrijkste waarden in het leven goedheid, rechtvaardigheid en waarheid.'

'Alledrie gelul,' zei Sjeng.

Abel glimlachte. 'Hoe dan ook, als je een dier een naam geeft luistert hij beter.' Hij klopte de ezel op zijn flank. 'Ga maar liggen, Plato.'

De ezel flapperde even met zijn linkeroor, bleef staan en begon van het stro te eten.

'Ook goed,' zei Abel en liet zich weer op de grond zakken.

Sjeng grabbelde in de tas. 'Had je wat te bikken meegenomen?' Hij haalde er een conservenblik uit en las hardop: '"Baskische bonen met chorizo." Klinkt goed.' Hij trok zijn mes uit zijn laars, zette de punt in het blik en begon het open te wrikken.

'Sjeng,' zei Abel.

'Wat?'

'Draai het 'ns om.'

'Wat?'

'Dat blik.'

Met een ongeduldig gegrom draaide hij het blik om. 'Hé…'

Abel grinnikte. 'Handig hè, zo'n lipje.'

Met een woeste ruk trok Sjeng het blik open en zette het op de stenen van de stookplaats. Uit de messteek droop vet sissend in het vuur, vlammen laaiden op.

Met het kromgebogen dekseltje als lepel visten de mannen om de beurt een hap lauwwarme bonen uit het blik.

'Best te hachelen,' gromde Sjeng met volle mond. 'Het bier kan doorkomen.'

'Wijn man! Wijn!'

Sjeng gromde. 'Ik geloof verdomd dat ik nu die uilezeik van jou nog lekker zou vinden ook.'

'Zie je wel!'

'Die vuile rat,' begon Sjeng weer. 'M'n Harley naar de klote.'

'Ach,' troostte Abel. 'Het is maar een ding. Zelf zijn we tenminste nog heel.'

'Een Harley is geen ding!' viel Sjeng uit.

Abel schudde spottend zijn hoofd. 'Wat trekt jullie toch zo aan in zo'n motor. Die verschrikkelijke teringherrie? Geeft dat je een gevoel van macht over andere mensen? Zo van "ik heb schijt aan jou, ik maak net zoveel herrie als ik wil"?'

Sjeng keek Abel met een vernietigende blik aan, maar zei niets.

'Ze zeggen wel,' ging Abel door, 'dat mannen met zo'n grote motor een kleine pik hebben.' Hij grinnikte. 'Hoe groter de motor, hoe kleiner de pik.'

'O ja? Moet ik 'm effe in je nek leggen? Hebbie gelijk platvoeten.'

Abel schoot in de lach. 'Doe maar liever niet dan!'

Toen ze het blik hadden leeggegeten, zaten de twee een tijdje zwijgend bij het vuur. Het schijnsel van de vlammen maakte schaduwen op de stenen muren, de ezel was erbij gaan liggen.

Abel streelde de warme ezelbuik. 'Heb je 't een beetje naar je zin, Plato? Fijn hè? Gezellig met ons in de schuur, lekker vuurtje d'r bij… Beter dan in je uppie buiten staan.'

De ezel kauwde met malende kaken op een bosje stro.

'Toch wel heel erg vreemd,' zei Abel. 'Die Kaiser werd helemaal gek toen hij ons zag. Volgens mij dacht hij dat jij hem om zeep kwam helpen. Zou dat kunn…'

'Dat dacht hij dan verkeerd,' snoerde Sjeng hem de mond.

'Oké… Dus jij zegt dat je 'm niet om wou leggen.'

‘Nee.’

‘Maar je schoot wel je gun op ’m leeg!’

‘Dat was zelfverdediging! Moet ik me soms dood laten rijden door die gek!’

Abel nam hem scherp op, maar van Sjengs gezicht viel niets af te lezen. Hij keek naar de ezel die rustig in het stro lag te kauwen. Zijn gedachten dwaalden af naar zijn sessies met Kimberley. ‘Een verbinding tot stand brengen en proberen in het hoofd van het dier te komen.’ Hij sloot zijn ogen, krabbelde zachtjes in de wollige vacht tussen Plato’s oren en probeerde zich te concentreren. Maar voor zijn geestesoog verscheen slechts een kitscherige kerstkaart van de os, de ezel en de drie koningen rond de kribbe. Hij trok zijn voorhoofd in een diepe denkrimpel en probeerde het opnieuw. Nu kreeg hij vage beelden van een berg, een weiland, een beek, een stal met een ruif hooi. Maar of dit gedachten waren van de ezel of van hemzelf was hem niet duidelijk. Hij klemde zijn ogen dicht, dacht aan Sjeng en probeerde dat beeld in het hoofd van de ezel te projecteren. Met gesloten ogen vroeg hij: ‘Plato, wat denk jij: de grote man naast mij, spreekt hij de waarheid?’

Er gebeurde niets.

Abel concentreerde zich nog meer op het beeld van Sjeng en herhaalde, nog steeds met zijn ogen dicht, zijn vraag. ‘Plato, spreekt de grote man de waarheid?’

Plotseling rukte Plato zijn grote ezelhoofd zo hard van links naar rechts dat het stro ritselend opstoof.

Abel schoot in een verbaasde lach. ‘Zag je dat? Hij zei nee!’

‘Lul toch niet man!’

‘Nou, dieren voelen dat soort dingen aan, hoor! Instinct, weetjewel.’

‘Kappen nu, leipo. Als ik gezeik wil bel ik m’n schoonmoeder wel. Ik heb toch gezegd dat ik die eikel niet omleg? Kan ik er wat aan doen dat hij ons dood wou rijden!?' Hij stond op, gooide een paar dennentakken op het vuur en ging weer zitten.

Op het sissen van de vlammen na bleef het een tijd lang stil in de schuur.

Abel streelde Plato over zijn harige ezelwang. 'Magische beesten, ezels...'

Weer bleef het een tijd stil.

Toen zei Sjeng: 'Mijn vader vertelde me vroeger wel 'ns een verhaaltje over een ezel.'

'O ja? Wat dan?'

'Dat ging over een ezel en een wolf, die waren vrienden. Maar de wolf was bang voor de ezel omdat hij dacht dat die lange ezelsoren hoorns waren. Op een keer zei die wolf dat tegen die ezel, dat hij bang voor hem was. Toen moest die ezel lachen. "Dat zijn geen hoorns, man! Dat zijn m'n oren!" Toen beet de wolf de ezel dood en at hem op.' Verwachtingsvol keek Sjeng Abel aan. 'Lollig verhaal hè?'

'Ja, ik weet niet. Wat is daar leuk aan dan?'

'Snap je het niet?'

Abel dacht na. 'Dat niet alle hoorns gevaarlijk zijn?'

Sjengs lachte. 'Nee man! Als je vijand denkt dat je gevaarlijk bent moet je dat vooral zo laten!'

'Ah, juist ja... Ik ken ook een verhaal over een ezel. Dat gaat over een smokkelaar in een bergdorpje op de grens van Frankrijk en Spanje. Elke week reed hij op zijn ezel de bergen in en de grens over. Nou woonde er in dat dorp ook een douanier, een echte dienstklopper. Hij had de ezelman al een paar keer aangehouden, maar had hem nooit kunnen betrappen op smokkelwaar. Dat tergde hem tot het uiterste. Hij moest en zou hem pakken! Op het laatst ging hij 's nachts langs zo'n smokkelroute in hinderlaag liggen, sprong opeens met getrokken sabel uit de struiken. "Stop! Nou heb ik je!" Maar de ezelman lachte: "Controleer me maar, ik heb niks bij me." Jarenlang ging dat zo door. De douanier werd er helemaal gek van. Op een dag werd hij er zo ziek van dat hij op sterven lag. De ezelman kwam afscheid nemen. "Alsjeblieft," fluisterde de douanier. "Ik heb niet lang meer te leven. Vertel me: wát heb je nou al die jaren gesmokkeld?" De ezelman glimlachte, haalde zijn schouders op en zei: "Ezels."'

Sjeng keek Abel niet-begrijpend aan. 'Ezels? Daar is toch geen pepernoot mee te verdienen?'

'Je snapt het niet. Dit verhaal gáát helemaal niet over geld. Geld is niks. Volkomen fictief.' Abel schudde zijn hoofd. 'Geld, wat moet je d'r mee.'

'Nou,' grijnsde Sjeng. 'Ik weet wel een paar dingetjes.'

'Tuurlijk,' zei Abel. 'Geld is handig. Maar zoals een oud Chinees spreekwoord zegt: Met geld kun je de mooiste hond kopen, maar niet het kwispelen van zijn staart.'

Dit begreep Sjeng niet. Met een verstoorde grom keek hij op. 'Wat is dat nou weer voor gelul? Als ik een hond koop is ie toch van mij? Die kwispelt echt wel. Zeker als ik 'm te vreten geef.'

'Dat zal best, maar die mop gaat niet over geld,' lachte Abel. 'Die douanier dacht dat die vent sigaretten smokkelde, of drank, of whatever. Terwijl die vent op zijn smokkelwaar zát! Hij smokkelde onder de ogen van die dienstklopper! En die had niks in de gaten! De moraal is natuurlijk dat je niet bevooroordeeld moet zijn, dat je zelf moet denken. Dat gaat ook op voor hoe mensen naar jou kijken.'

Sjeng haalde ongeïnteresseerd zijn schouders op. 'Ik vind het een lulverhaal. Ken je die van die vent met die grote lul die naar de hoeren ging?'

'Nee?'

'Die ging niet. Hahaha...'

Abel trok een grimas en leunde met zijn rug tegen een strobaal.

Met welbehagen snoof Sjeng de kruidige geur op van de rook van het houtvuur. 'Dat ruikt lekker.' Hij porde met een stok in de roodgloeiende sintels en de vlammen laaiden op. 'Weet je, dit hier doet me denken aan vroeger. Toen we nog op de wagens woonden.' Hij grijnsde. 'Zo noemden we dat: "op de wagens". Mooie tijd...'

'Dat kan ik me wel voorstellen ja.'

Een tijdje staarden de mannen zwijgend in het vuur. Toen vroeg Abel: 'Zou je dan terug willen naar die tijd?'

'Voor geen goud!'

'En het was zo'n mooie tijd, zeg je net.'

'Zeker, maar ook een hoop armoei. Veel ruzie, 's nachts opeens wouten over de vloer, dat soort dingen.'

'Was je toen ook al zo agressief?'

Met gespeelde onschuld grijnsde Sjeng: 'Agressief? Ik? Hoezo?'

'Je bent een crimineel. Een agressieve, gevaarlijke, zware crimineel.'

Sjeng haalde zijn schouders op. 'Wat een gelul. Ik ben gewoon wie ik ben. Maar vroeger op het kamp vond ik de schurken wel altijd te gek. Stoere gasten. En ik was altijd aan het vechten, net als hun. Ik wou winnen en dat lukte best. Ik was de jongste thuis, maar ik merkte dat ik, hoe zeg je dat, dat ik door dat vechten de baas was over m'n broertjes en zusjes. Dat was mooi.'

Abel staarde in de vlammen. 'Leven is vechten...'

'Zeker weten,' gromde Sjeng. 'En vechten is leven. Als je

vecht, dan weet je dat je leeft.'

'Haha, maar nu zeg je dat je "een braafmans" gaat worden.'

'Klopt.'

'Waarom dan?'

'Ik wil ook zo'n boerderij als jij. Met geen buren. En een stuk grond en altijd mooi weer en alles.'

Abel knikte en gooide een paar takjes in het vuur. 'Het zou kunnen. Volgens mij ben je intrinsiek geen klootzak.'

'Wat is intrinsiek?'

'In jouw geval betekent het dat je misschien best meevalt.'

Met een lepe grijns bevoelde Sjeng het lemmet van zijn mes en sneed nog een paar dennentakken af. 'Denk jij dat maar goed...' Hij gooide de takken op het vuur.

Abel keek hoe de vlammen oplaaiden. 'Ik kom ook uit een groot gezin, ik was ook de jongste. Tijdens het eten liet ik wel 'ns dingen vallen, m'n lepel of m'n glas, mijn moeder zei dan altijd: "Abel hep geen stuur over ze hande." Mijn broers lachen. Op een avond zag ik Elton John op tv pianospelen en ik dacht: dat ga ik ook doen. Ik ga de beste pianist ter wereld worden. Ik zal ze laten zien dat ik stuur over m'n handen heb. Dat is niet gelukt. Ik liet nog steeds van alles vallen. Maar pianospelen vond ik helemaal te gek. Zo ben ik in de muziek gerold en er altijd mee bezig gebleven. In bandjes gespeeld en zo. Later, toen ik een beetje was uitgeraasd, ben ik een platenwinkeltje begonnen in de Jordaan. Heerlijk, man. In m'n eigen winkeltje tussen al die kisten met elpees en cd's, elke ochtend lekker met een bakkie koffie muziek luisteren. Nee, muziek, daar word ik altijd helemaal blij van. Ik denk wel 'ns dat ik als kind in een ketel met geluksgevoel ben gevallen.' Hij lachte en veegde met zijn vinger het laatste hapje bonen uit het blikje. 'En jij?' vroeg hij kauwend. 'Hou jij van muziek?'

Sjeng knikte. 'Zeker weten. Op de motor. Lekker knallen.'

'Wat dan?'

'Metal man. Goeie metal. Lekker hard. Gas op de lollie!'

'Haha, ik ben meer van de blues. De wanhoop die daaruit spreekt, de machteloosheid, dat vind ik mooi. De onmogelijkheid om iets te doen aan al het onrecht en alle ellende die nu eenmaal vastgeklonken zitten aan het leven. En niet in een aanhangertje dat je los kan koppelen, nee, die shit zit verankerd in je leven. Alle narigheid en pijn zijn onontkoombaar verweven in your life, weetjewel. En daar kun je geen ene klote aan doen.' Hij grijnsde. 'Maar er is één ding dat je d'r wél mee kan, met die onontkoombare droevigheid.'

'O ja?'

'Ja. Je kan er hartverscheurend mooie songs over schrijven. Of schilderijen over maken. En daarom is het draaglijk. En er is wijn. Dat helpt ook. Maar dat hebben we dan weer niet.' Hij gooide een dennentak op het vuur die knetterend begon te branden. 'Music rules the world...'

Sjeng grijnsde. 'Wat jij met muziek hebt, dat heb ik met vechten. Toen ik nog klein was, op het kamp, had ik wel 'ns ruzie. Dan wou ik ze op hun bek slaan en dan waren ze te sterk voor mij. Maar dat is later goed gekomen, haha.'

'Ja, want nu ben je de king. Leider van de gevaarlijkste motorbende van Nederland.'

'Zeker weten. Ik hou niet van geouwehoer. Als iedereen gewoon doet wat ik zeg komt 't goed. En iedereen die dat niet doet breek ik z'n neus.'

Abel dacht hierover na. 'Ik heb wel 'ns gelezen,' zei hij na een tijdje, 'dat je brein uit drie lagen bestaat. Een reptielenbrein, dat is een paar miljoen jaar oud, een zoogdierenbrein, een miljoen jaar oud en de frontale kwab, die is redelijk nieuw, vijftigduizend jaar of zo.'

'Fijn voor je.'

'Als je iets ziet, dan is de eerste reactie van je reptielenbrein: kan ik het doden, kan ik het eten of kan ik het neuken.'

Sjeng schoot in een bulderende lach. 'Als dat over mij gaat, dan klopt dat wel ja! Alleen valt er hier verdomd weinig te neuken. Ja, die ezel. Maar dat lijkt me meer wat voor jou.'

'Haha, nee, dank je. Voor dat soort dingen heb je namelijk je zoogdierenbrein, de tweede laag. Dat regelt de balans tussen plezier en spijt: "het lijkt me fijn, maar wat zijn de risico's", dat soort dingen.'

Sjeng knikte. 'Of: "hoe groot is de kans dat ik word gepakt."'

'Precies. En de derde laag is je frontaalkwab, die gaat over logisch denken, organiseren en zo.'

'Dat kan ik goed.'

'Dat zal best, alleen zit bij jou je reptielenbrein voor in je kop.'

Sjeng keek hem dreigend aan. 'Wat bedoel je?'

'Dat ik je niet geloof. Je zei dat je die boekhouder niks zou doen en vervolgens schiet je je gun op 'm leeg. Je zegt dat je wijnboer wil worden en een dag later vraag je mij waar je wietplanten kan krijgen. Wat heeft die hele bloedbroedershit van jou dan om het lijf?'

Boos stond Sjeng op en liep naar de deur. 'Je lult uit je nek, lange. Ik ga pissen en dan ga ik slapen. Je bekijkt het maar met je gelul. Steek je pik maar in die ezel van je.'

Hoofdstuk 21

Abel werd wakker doordat Plato met zijn staart in zijn gezicht zwiepte. Even wist hij niet waar hij was, toen ontwaarde hij het grote lijf van Sjeng, die naast hem in het stro lag te snurken. Meteen schoot het door hem heen: Angela! Ze zou onderhand in alle staten zijn. Hij schudde aan Sjengs schouder. 'Hé maat, wakker worden!'

Zijn bedgenoot stootte een onderaards gegrom uit, diep en klaaglijk als de roep van een verweesde stegosaurus.

Ongeduldig rukte Abel aan Sjengs arm. 'Hé man! Kom op! We gaan!' Hij hees zich overeind, greep het touw van de ezel en hinkte naar buiten. 'Kom Plato, dan kun jij vast ontbijten.'

Achter de schuur lag een verwaarloosd weiland, aan het eind zag hij tussen een rij bomen door zonlicht glinsteren op water. Door kniehoog gras vol gele en witte bloemen liepen ze er naartoe. Toen ze dichterbij kwamen hoorde hij het kabbelen van een beek.

'Zo maatje,' zei hij tegen de ezel. 'Hier kun je even lekker wat slobberen.' Hij bond het touw aan een laaghangende tak van een populier, kleedde zich uit en liep het water in. 'Whooo! Koud!' Hij bukte zich en plensde grommend en rillend handenvol ijskoud water over zijn hoofd. 'Merde! Berekoud, man! Dit komt recht uit de sneeuw!'

Plotseling kreeg hij een harde schop tegen zijn enkels. Hij gleed hij uit en viel languit in de beek. Water spatte in het rond. Meteen voelde hij een voet op zijn achterhoofd en werd met zijn gezicht ruw onder water geduwd. Zijn neus werd geplet tegen de bodem. Bloed bonsde in zijn oren. Twee handen gleden om zijn hals en knepen zijn keel dicht. Hij probeerde te schreeuwen, maar er kwamen slechts luchtbellen uit zijn mond. Hij kreeg geen adem meer, het werd rood voor zijn ogen. Opeens klonk een pistoolschot. De handen verdwenen. Met gierende ademhaling schoot Abel omhoog uit het water en zoog zijn longen vol lucht. Knipperend wreef hij in zijn ogen en keek om zich heen. Hij was alleen.

Hij draaide zich om. Aan de oever stond Sjeng. Met zijn pistool in zijn hand keek hij spiedend om zich heen. 'Wat was dat?'

Abel masseerde zijn pijnlijke keel en wankelde naar de kant. 'Geen idee… Ik werd van achteren aangevallen. Heb jij wat gezien?'

'Nee. Ik hoorde geschreeuw. Ik zag een hoop watergespat en een vent. Ik schoot, maar hij rende meteen het bos in.'

'Hij wou me verzuipen!'

'Zo zag het eruit ja.'

Trillend van ellende raapte Abel zijn kleren op en droogde zich af met zijn T-shirt. 'Ik ben er helemaal klaar mee, verdomme!' riep hij woedend. Hij kleedde zich aan, maakte Plato's touw los en hinkte met de ezel terug naar de hut. 'We gaan nu meteen naar dat dorp. Ik bel Angela en ze kunnen allemaal de klere krijgen hier!'

***

Met Plato aan het touw kwam Abel de schuur uit. Sjeng wees naar de heuvel. 'We gaan over dat pad daar verder omhoog waar we gisteren zijn gestopt.'

Dat schoot verkeerd bij Abel. 'Merde! Begin je nou verdomme wéér?!' Hij wees over zijn schouder. 'Het is dié kant op, man! We moeten terug naar waar we gisteren verkeerd zijn gelopen en dan...'

'Lul toch niet!' onderbrak Sjeng hem. Hij gebaarde driftig. 'Gisterennacht toen ik buiten stond zag ik de lichtjes van het dorp. Dáár achter die heuvel! Als we rechtdoor lopen komen we d'r vanzelf.'

'Dan zie ik je daar wel! Bekijk het maar!' Woedend draaide Abel zich om en begon de heuvel af te lopen, Plato sjokte braaf achter hem aan.

'Met die poot van jou?' smaalde Sjeng.

Maar Abel stapte stug door.

'Prettige wedstrijd!' riep Sjeng hem na. 'En doe de groeten aan die nieuwe vriend van je! Kunnen jullie samen nog een potje wurgseks hebben!'

Abel liep door, maar eigenlijk was hij al aan het terugkrabbelen. Alleen, in een van god en alleman verlaten gebergte, met een been waar hij niet op kon lopen, en een onzichtbare moordenaar die zich elk moment vanuit een hinderlaag op hem kon storten. Moedeloos keerde hij om en gaf zijn reisgenoot in gedachten een aantal nieuwe namen waarin uitgestorven oerdieren met extreem grote voortplantingsorganen een prominente rol speelden.

***

Uur na uur zwoegde Abel door een onbarmhartig landschap van lage, kromme bomen en stekelige struiken. Hoog boven hem gaapten hier en daar holen in de rotswand waar witte strepen vogelmest uitdropen. Sjeng liep een eind voor hem uit. De zon scheen nu recht op hen neer en Abels hoofd liep rood aan van de warmte.

Plato leek nergens last te hebben. Af en toe bleef hij staan en knabbelde aan een plantje dat zijn interesse had gewekt. Voor Abel een mooi moment om even op adem te komen. Hij kwam steeds langzamer vooruit, maar Sjeng wachtte niet.

'Het ontbreekt er nog maar aan dat er gieren boven mijn hoofd cirkelen,' gromde Abel tussen opeengeklemde tanden. 'Maar ik verdom het om die patjepeeër te vragen op me te wachten...' Hij klopte de ezel op zijn hals. 'Sorry hoor Plato, dat ik je heb ontvoerd uit je dromerige bloemenweide. Ik hoop dat je niet al te boos op me bent.'

'Ben je mal,' zei Plato. 'Waarom zou ik? Ik heb het goed. Bovendien, ik neem het niet zo serieus allemaal. Je moet niet vergeten dat we maar op een grote bol door de lege ruimte zweven. Wij stellen niets voor. Nog minder dan stofjes in de eeuwigheid.' Hij boog zijn kop naar de grond, trok met zijn tanden een bosje gras uit en voegde daar kauwend aan toe: 'Daarom voel ik me gemeenlijk wel oké.' Hij knipoogde naar Abel en grinnikte: 'Zou jij ook 'ns moeten proberen.'

***

Zuchtend sjokte hij voort en peinsde over de onverhoedse aanval in de beek. Welke gek probeert mij nou opeens te verzuipen? En waarom? Hij keek op.

In de verte maakte Sjeng brede armgebaren naar hem. Water, dacht Abel. Ik sterf van de dorst. Hij trok aan het touw. 'Kom, jongen!'

'Zie je wel!' riep Sjeng van grote afstand. 'Ik zei het toch? Daar ligt het!'

Op de top van de tegenoverliggende heuvel lag een verzameling nietige huisjes met rode dakpannetjes rond een sober kerkje. Zo ver en zo klein dat het Abel deed denken aan de entourage van een modelspoorbaan. Hij trok de plastic fles uit de tas, nam een slok en stak de fles in de bek van de ezel. 'Alsjeblieft Plato, even wat slurpen.'

'We hoeven hier alleen maar rechtdoor,' zei Sjeng terwijl Plato dronk. 'Over een uurtje zijn we d'r.' Hij greep de fles en stopte die terug in de tas. 'Kom.' Hij liep een smal paadje op dat de heuvel afging en verdween tussen stekelige struiken.

Zuchtend greep Abel het touw en volgde hem. 'Dit lijkt mij eerder een dierenpaadje. Dat gaat nergens heen.'

'Niet zeiken, lange. Je wou toch naar dat dorp? Kom op dan.'

Abel bleef staan en nam het indrukwekkende landschap in ogenschouw. Zo ver als hij kon kijken dichte bossen waar hoge kale rotswanden tussenuit staken. 'Volgens mij ligt er tussen ons en dat dorp een kloof.'

'Nou en!'

'Dat zou betekenen dat we er zo niet komen, want daar moet je omheen. En dat kon wel eens een ontiegelijk eind om zijn.'

'Gelul,' zei Sjeng. 'Recht op je doel af. Dat is de kortste weg. Dat heeft m'n vader me geleerd.'

Vloekend en kreunend baande Abel zich in een martelende afdaling een weg door de vuurdoorns en jeneverbesstruiken. Hun scherpe stekels lieten bloederige schrammen na op zijn benen. Hij zweette en het bloed bonsde in zijn gewonde enkel. Af en toe keek hij naar de rug met de doodskop ver voor hem uit en vervloekte hartgrondig de bendeleider en Bonkers en de gek geworden Kaiser en iedereen in de hele Pyreneeën en ver daarbuiten. Hij kreeg steeds meer moeite met lopen, leunend op de ezel strompelde hij slippend en glijdend over de rolkeien de heuvel af.

'Allemachtig Plato, wat ben ik blij met je!' zei hij tegen de ezel, die rustig en zonder zich te verstappen naast hem voortliep.

Zou ik er een stukje op kunnen zitten? dacht hij even later. Ezels zijn van oudsher lastdieren, dus het zou moeten kunnen. Reed Jezus niet op een ezel Jeruzalem in? Hij greep zich vast aan Plato's manen. 'Even staan blijven, held.' Geduldig bleef het grijze dier staan. Abel zwaaide een lang been over hem heen en hees zich op zijn rug. 'Oké, daar gaan we. Laat maar weten als ik te zwaar word.' Met een ruk van zijn hoofd gooide hij zijn haar naar achteren. 'Jesus is coming!'

'En?' zei Plato, nadat hij Abel een tijdje op zijn rug door de struiken had gedragen. 'Bevalt het een beetje, meneer?'

'Sorry hoor,' zei Abel. 'Maar ik heb pijn in mijn been en ik baal als een stekker.'

'Ach jongen,' zei Plato. 'Dat is allemaal heel vervelend, dat snap ik wel. Maar je moet er niet zo zwaar aan tillen. Als je de verkeerde bril opzet is het leven een tranendal. Een aaneenschakeling van tegenslagen en teleurstellingen. Maar ellende moet je relativeren. Trek je er niks van aan en kijk naar de leuke dingen. Die zijn er genoeg. Lekker lopen door de bergen, grasje eten, uitkijken over het landschap, straks misschien weer een klein glaasje wijn. Je moet er wat van maken.'

***

Twee uur en duizend vloeken later stond Abel op zijn ezel naast Sjeng aan de rand van een diepe kloof die de vallei doorsneed. Op de bodem, honderden meters onder hen, stroomde een azuurblauw riviertje. Het dorp was nergens meer te bekennen, verdwenen achter een plooi in het landschap.

Abel stapte af. 'Juist,' zei hij vermoeid. 'Dit dus...'

Sjeng stond breeduit naast hem, benen gespreid, voeten als ankers in de aarde, armen over elkaar. Hij ademde zwaar door zijn neus. Met zijn ogen tot spleetjes geknepen staarde hij naar de kloof en zweeg. Zelfs zijn gebruikelijke reeks godvers bleef uit.

Abel streelde de hals van de ezel en slaakte een moedeloze zucht. Een tijdje stonden ze zo en keken uit over de diepten van de kloof. Toen zei Abel: 'We komen er nooit zo.' Hij wees naar het noorden. 'De enige manier is als we helemaal om die kloof heen lopen.'

Abel was weer op de rug van Plato geklommen en om een reden die hij niet begreep had Sjeng het touw gepakt en nu worstelden ze zich naast elkaar over een moeilijk begaanbaar dierenpaadje langs de kloof.

'Zeg nou eindelijk 'ns eerlijk,' zei Abel. 'Die gast die mij wilde verzuipen. Dat was Kaiser hè?'

Sjeng schokschouderde. 'Waarom zou hij? Hij kent jou niet eens.'

'Nee, maar ik denk dat hij zich te pletter is geschrokken toen hij jou zag en ons toen is gaan achtervolgen.'

'Fuck man,' riep Sjeng kwaad. 'Wat kun jij zeiken! Dat was gewoon een of andere mafklap bergbewoner. Het barst hier in die bergen natuurlijk van de eenzame rukkers die nooit een vrouw zien. Misschien dacht hij dat jij een lekker wijf was, met dat lange haar van je. En dan in je blote reet in die beek...'

Hoofdstuk 22

'Wat voel je dan voor pijn?' vroeg Angela terwijl ze het oranje campertje voorzichtig over een bruggetje van omgehakte boomstammen over een beekje stuurde.

'Daar!' riep Kimberley en wees naar een zwarte Volkswagen Touareg die half verscholen achter een rotsblok op zijn kant lag, de wielen in de lucht. Ze stapten uit en liepen er voorzichtig naar toe.

'Nee!' riep Angela. 'Die voorruit! Dat zijn kogelgaten! Zit er nog iemand in?'

Kimberley schudde haar hoofd. 'Hier is niemand meer. Alleen de pijn, die is hier nog.'

Opeens zagen ze de Harley. Het stuur gebroken, het achterwiel verwrongen omhoog uit het frame. Kimberley sloeg haar hand voor haar mond en slaakte een kreet van schrik.

Angela haalde diep adem en zei op een toon alsof ze zichzelf gerust wilde stellen: 'Ze zijn hier niet, dus ze zijn nog oké. Toch? Kim? Kun jij zien waar ze zijn?'

Kimberley liep om de rots heen. Ze bukte zich, streek haar vingers door het gras en bekeek haar hand. Toen ze zich oprichtte was haar blik ernstig. 'Bloed,' zei ze zacht.

Naast elkaar liepen de twee vrouwen over het karrenspoor de heuvel af, in de richting die ze gekomen waren. Ze droegen allebei een ouderwetse rugzak van groen linnen die Angela had gevuld met spullen uit het campertje.

'Heb je enig idee waar we naartoe moeten?' vroeg Angela.
'Nee,' zei Kimberley.

Hoofdstuk 23

Naakt zat Kaiser tegen de stam van een boom. In de takken boven hem waaide zijn natte kleding zachtjes heen en weer in de wind. Die lange, zo peinsde hij, had hij bijna te pakken gehad, maar Sjeng met die zware blaffer was andere koek. Ongewapend, in z'n eentje tegen twee gewapende mannen, dat ging niet lukken. Met een grom veegde hij wat mieren van zijn been. Er zat maar één ding op: de Moneymonk. Die moest dit maar oplossen. Maar dan zou hij tegen diens uitdrukkelijke verbod in naar het klooster moeten. Hij zag beelden voor zich van eerdere slachtoffers die de Moneymonks bevelen hadden genegeerd en vloekte binnensmonds.

***

Angela en Kimberley liepen door het bos over een pad dat de heuvel op slingerde.

Na een aantal uren kwamen ze bij een half ingestorte schuur. 'Daar wil ik even kijken,' zei Kimberley.

Voorzichtig stapte ze langs de vermolmde deur naar binnen. Ze knikte alsof ze een vermoeden bevestigd kreeg. 'Hier zijn ze geweest.' Ze wees naar de met stro bedekte vloer. 'Hier op de grond hebben ze geslapen. Maar vreemd genoeg met een beest. Een groot beest.'

'Was dat Sjeng niet?' vroeg Angela met een flauwe glimlach.

'Nee,' zei ze ernstig. 'Sjeng was wel hier, Abel ook, maar er was ook een dier. Een koe of zoiets. Heel vreemd...' Ze hurkte bij de vuurplaats en viste een zwartgeblakerd conservenblikje uit de as. 'Ze hebben hier ook gegeten.' Ze kwam overeind. 'Laten we verder gaan.'

Naast elkaar liepen de vrouwen door een onbarmhartig landschap van lage, kromme kurkeiken en jeneverbesstruiken. Het pad voerde tussen kale rotswanden door die hoog boven hen uittorenden. Onder de bovenste rand ontwaarden ze holen waar grote vogels in en uit vlogen.

Toen de zon naar de horizon begon te zakken, bereikten ze de top van de helling. In de verte, op de tegenoverliggende heuvel, lag een nederzetting.

'Een dorp!' riep Angela. 'Daar zijn ze vast naartoe!'

Kimberley knikte. 'Misschien, maar daar kom je zo niet.' Ze keek om zich heen. Door de bomen schemerden de contouren van een stenen bouwsel. 'Ik hoor water. Laten we even kijken wat daar is. Het wordt al laat.'

Ze baanden zich een weg over een pad dat was overwoekerd door klimplanten.

'Een watermolen,' zei Angela verrast. 'Kijk.' Ze wees op een groot schoepenrad aan de zijkant van het huis. Eronder stroomde helder water van een beek bruisend om het rad, verbreedde zich en verdween via allerlei kleine watervalletjes om de bocht.

De molen had dikke muren van ruwe rivierkeien en kleine raamloze vensters. Ze liepen door de opening waar ooit de deur had gezeten en betraden een lege ruimte, gedomineerd door een massaal houten rad. Bewonderend keek Kimberley om zich heen. Een plafond van dikke balken, een plankenvloer bedekt met een laag stof en naar binnen gewaaide dorre bladeren.

'Mooi' zei Kimberley. 'Maar wel raar. Waarom zou iemand hier nou in de middle of nowhere een watermolen bouwen?'

'Tja,' zei Angela, 'vroeger moest je in je eigen onderhoud voorzien. Scholen waren hier niet, een vak leren was lastig en uitkeringen bestonden niet. Je moest zelf zorgen dat je te eten had.' Ze grinnikte. 'Eigenlijk was de wereld één groot zigeunerkamp. Dus zo'n snelstromende beek, dat was een kans! Daar kon je wat mee. Hout zagen bijvoorbeeld.'

Kimberley glimlachte en streek met haar vingers over de keien van de muur. 'Dan is dit wel een heel móói zigeunerkamp. Zullen we kijken of we hier kunnen slapen? Het duurt niet lang voordat het donker wordt.'

'Kijk 'ns.' Hijgend onder het gewicht kwam Kimberley aansjouwen met een vierkant steenblok. 'Daar in de hoek ligt er nog een. Daar leggen we een plank overheen, hebben we tafel.'

'Perfect.' Angela trok een campinggasje uit haar rugzak, gevolgd door een stokbrood en een conservenblik. 'Voilà, ons diner.'

'Cool!'

'Spinazie, pompoen en ricotta,' las Angela van het etiket. Ze haalde een pannetje tevoorschijn, stak het gasje aan en trok het blik open.

'Hmmm, lekker, zeg! Goed voorbereid, hoor!'

'Merci,' lachte Angela. Ze stortte de inhoud van het blik in de pan en haalde een fles syrah rosé en twee glazen tevoorschijn.

'Tjee! Een toverrugzak!' riep Kimberley. 'Met rosé! Die wil ik ook!'

Buiten was het donker geworden, maar het lampje van Kimberleys iPhone wierp met haar waterfles erop een sfeervol schijnsel op de muren van de watermolen. De vrouwen zaten naast elkaar op de grond met hun rug tegen een steenblok en nipten van hun rosé.

Kimberley strekte haar benen. 'Dat was heerlijk. Ik heb in tijden niet zo lekker gegeten.' Ze keek om zich heen. 'Ik zou hier best willen wonen. Zo stil en zo mooi, je hoort alleen die beek daar beneden. Prachtig geluid.'

Angela glimlachte. 'Ja, heel mooi.' Ze nam een slokje rosé. 'Maar jullie kunnen toch overal wonen waar je wilt? Sjeng moet multimiljonair zijn, met die ecstasy-bisnis.'

Kimberley schudde haar hoofd. 'Die krijg je met geen tien paarden weg uit het kamp.'

'Maar wat doet hij dan met al dat geld?'

'Dat is allemaal zwart.'

Angela grinnikte. 'Hij heeft er wel dat wijndomein mee gekocht.' Op een toon alsof ze een krantenkop voorlas zei ze: 'Leider van Gipsy Bandits wordt wijnboer.'

'Dat wil hij ook echt!'

Angela ging er niet op in. Een tijdje bleef het stil. Het enige geluid was het ruisen van de beek. Toen zette ze haar glas neer. 'Hou jij van Sjeng?'

Kimberley schrok op. Met knipperende ogen keek ze op. 'Ja?' zei ze aarzelend. 'Jawel, best wel...' Ze sloot af met een daadkrachtig: 'Natuurlijk hou ik van Sjeng! En jij dan? Hou jij van Abel?'

'Hartstikke! Het is een onmógelijke man, maar ik ken inmiddels de gebruiksaanwijzing, dus ik weet hoe ik hem binnenboord moet houden. Maar we zijn hartstikke gek op elkaar. Al heel lang.'

Nadenkend streek Kimberley met haar vingers door haar blonde haar, de iPhone-lamp liet de lichtpaarse punten glanzen.

‘Het is wel zwaar. Dat gedoe met die motorbende is vreselijk. Ik zeg er wel ’ns wat over. Maar hij wil daar niet over praten.’ Ze zuchtte en zei zacht: ‘Ik heb vaak gedacht om daar weg te gaan.’

Angela knikte en zweeg. Na een tijdje vroeg ze: ‘Waarom doe je het niet?’

Hoofdstuk 24

Voorzichtig liet Sargon zijn dikke lichaam in de warme rode wijn glijden. Centimeter voor centimeter kleurde zijn vadsige witte buik bloedrood. Toen zijn billen de bodem van het bad raakten bedekte de wijn net zijn tepels. Hij gaf een bevelende ruk met zijn hoofd. 'Meer.'

De langbenige vrouw, slechts gekleed in een witte bikini die haar glanzend zwarte huid sterk accentueerde, pakte twee flessen Bordeaux grand cru uit de rij op de marmeren tafel en liet die klokkend leeglopen in het bad.

'Ahhh...' Genietend liet de blote man zich zo diep onderuitzakken tot de wijn zijn onderkinnen raakte. Het liefst zou hij met zijn kale hoofd helemaal kopje-onder gaan en met wijd open mond gulzige slokken naar binnen scholven, maar dat zou hem onverbiddelijk komen te staan op een doorwaakte nacht vol pijnlijke krampen, want zijn maag kon absoluut geen wijn verdragen. Dus hield hij zich in, sloot zijn ogen en gaf zich over aan het ontspannen gevoel van de rode wijn die via zijn poriën in zijn bloed kwam en hem vervulde met een zachte, allesomvattende zielenwarmte.

***

Zich afdrogend met een witte badhanddoek kwam de naakte man uit de badkamer en liep door de met tapijten belegde kloostergang naar de ruimte die was ingericht als zijn dressing.

Een wolk van rode-wijngeur hing nog om hem heen. Terwijl hij nog een paar druppels bordeaux van zijn lippen likte ging hij de kamer in.

Korte tijd later kwam hij er weer uit in een wapperende, zwart satijnen kimono met geborduurde roze kersenbloesems en sloeg de gang in naar zijn werkkamer. In de verte zag hij Aleksi die voor de deur van zijn werkkamer op hem stond te wachten.

Toen hij dichterbij kwam maakte Aleksi een salueergebaar naar zijn denkbeeldige pet. 'Bonjour, chef.'

Sargon beantwoordde de groet met een norse ruk van zijn hoofd. 'Wat is er?'

'Bezoek,' antwoordde Aleksi. 'We houden hem vast in cel twee. Wat wilt u dat we doen?'

Sargon stapte zijn werkkamer in en liet zijn blik over de wand met monitors glijden.

'Linksonder,' zei Aleksi achter hem.

Sargons halfgeloken ogen verrieden niets van de gloeiendhete woede die altijd in hem smeulde en nu opvlamde. De Nederlandse boekhouder. Wat kwam die hier doen? Hij had hem toestemming gegeven zich een tijdje terug te trekken in een van de boerderijtjes op zijn domein, maar niet meer dan dat. 'Breng hem hier.'

De wanden van Sargons werkkamer waren betimmerd met mahoniehout, op de vloer lag mosgroen tapijt. Boven de kogelvrije deur hing een rij klokken die de actuele tijd in de vijf grootste wereldsteden aangaven. Vanachter zijn glanzend lege bureau nam Sargon de bezoeker op; zijn gezicht uitdrukkingloos, zijn ogen halfdicht in een verraderlijk slaperige pose, als een kikker die zich koestert in de zon.

Kaiser stond midden in de kamer, Sargon bood hem geen stoel aan, dus vouwde hij zijn handen achter zijn rug en wachtte.

Een tijdje staarde Sargon hem aan, toen schraapte hij zijn keel en fluisterde: 'Ik heb je niet uitgenodigd.'

'Nee,' haastte Kaiser zich, 'ik wil…'

Plotseling schreeuwde Sargon: 'Wat doe je dan hier! Waarom breng je mijn organisatie in gevaar?!'

'Sorry! Ik wil je helemaal niet storen, dit is een emergency! Er is een probleem! Schellekens heeft mij gevonden. Samen met een andere gek stond hij gistermiddag opeens voor de boerderij!'

Sargon trok zijn wenkbrauwen op, waarbij zijn kale hoofd rimpelde als een shar-pei. 'Schellekens? De motor-aap?'

'Ja! Ik wilde ze aanrijden met m'n auto, maar dat mislukte. Daarom ben ik nu hier, om je te waarschuwen. Want de enige die kan weten dat ik daar zat is de Nederlandse politie.'

'En de motor-aap?'

'Die loopt hier ergens rond.'

Sargon nam Kaiser op alsof hij overwoog of hij hem ter plekke zou neerschieten of nog heel even wachten.

Kaiser begon te zweten. Hij ademde hoorbaar, maar hij slaagde erin Sargon aan te blijven kijken zonder met zijn ogen te knipperen.

Toen vroeg Sargon quasi achteloos: 'En hoe weet de Nederlandse politie dan dat jij hier zit?'

'Bonkers!' zei Kaiser. 'Nederlandse politie-inspecteur, een pitbull. Zit achter Schellekens aan. Ze probeerden mij onder druk te zetten, vandaar dat ik nu hier zit. Maar ik denk dat hij Schellekens in de tang heeft.'

'En de motor-aap is hier?'

'Ja.'

‘Mooi. Wij hebben nog wat te vereffenen. Breng hem bij me.’

‘Ik? Dat lukt me nooit!’

‘Dan geef ik je iemand mee.’

‘Eén man maar? Zij zijn met z’n tweeën!’

‘Eén is genoeg. Want hij is goed. Heel goed.’ Sargon pakte zijn PGP-telefoon en toetste een nummer.

Hoofdstuk 25

Sjeng banjerde door de lage struiken de heuvel af, in zijn hand het touw van Plato die met Abel op zijn rug bedaard achter hem aan stapte. 'Over een paar uur is het verdomme alweer donker!' riep hij zonder om te kijken. 'Als we niet opschieten kunnen we godverdegodver wéér een nacht in een of andere strontschuur slapen!'

'Mén,' kreunde Abel. 'Kap nou toch 'ns met dat gegodver! Je gelooft niet eens in God.'

'Vroeger thuis wel,' zei Sjeng zonder om te kijken.

Abel wreef over zijn pijnlijke been. 'Nou, ik niet. Als God zou bestaan, weet je wat hij dan zou zeggen?'

'Asjeblieft, hier is een koud biertje voor Sjeng?'

Abel lachte niet. 'Nee, jongen. Als God zou bestaan, zou hij zeggen: "Donder op. Geloof niet in mij. Ik besta niet. Geloof in jezelf. Geloof in anderen en ga nou verdomme eindelijk 'ns een keer goed voor elkaar zorgen!"'

Sjeng maakte een honend geluid en hield het touw omhoog. 'Ik zorg toch voor je? Ik trek die stomme ezel van je door de struiken.'

Abel zuchtte en deed er het zwijgen toe.

Zittend op de ezel was Abel in slaap gesukkeld. Toen hij wakker schrok zette de zon de kale rotswand recht voor hem in een oranje licht. Mars! dacht Abel. Ik ben op een andere planeet! Of ben ik beland in een parallelle wereld? Wat is dit? Ik zit met een gebroken poot op de rug van een sprekende ezel, hotseknotsend door een soort never ending Jurassic Park-landschap. En voor me uit loopt een moordlustige gek met een pistool in een motorbendevest! Is dit een rare droom of zo? Help! Beam me up, Scotty! Hij kreunde en liet zijn hoofd hangen. Als een leeggelopen luchtbed zat hij op de rug van de ezel, zijn lange haar futloos langs zijn gezicht naar beneden. Alles deed pijn. Dit was het einde.

'Plato, ouwe makker,' zei Abel. 'Jij weet nog wel 'ns wat. Zeg op, gaat dit ooit nog goed komen?'

Plato grinnikte. 'Ach jongen, je hebt het allemaal aan jezelf te danken. En nu zit je hier, bij mij op m'n rug en draag ik je door de prikstruiken. Maar maak je geen zorgen, ik heb geen last van je. Ik vind 't wel gezellig.'

'Maar die hitte,' klaagde Abel. 'En mijn maag knort en ik verrek van de dorst!'

'Ik weet het,' zei Plato. 'Hongerlijden, of dorst. Dat is allemaal niet fijn. Maar het ergste lijden is angst. Je moet je zien te bevrijden van je angst. Want het geheim van geluk is vrijheid. En het geheim van vrijheid is moed.'

'Ha,' zei Abel. 'Ben jij zo moedig dan?'

'Nou,' glimlachte Plato. 'Dat was anders een verdomd smal paadje daarnet. En behoorlijk steil naar beneden!'

'Daar!' riep Sjeng. Abel schrok op. Knipperend sperde hij zijn ogen open. Er was niets veranderd. Hij zat nog altijd op de ezel, de lompe hork in het motorvest sjouwde nog steeds voor hem uit.

'Daar loopt die rivier!' riep Sjeng. 'En daar is een brug!'

Abel rekte zich zo ver mogelijk uit. In verte was een stukje van het azuurblauwe water van een rivier zichtbaar en een deel van een smalle boogbrug van ruwe stenen, zo te zien ooit aangelegd door verre voorouders. Zijn hart sprong op. De brug naar het dorp! Angela! Met de auto was ze binnen een paar uur hier! Vanavond zat hij bij de haard aan een wijntje! Met Angela op schoot! Ik hou nooit meer op met haar te kussen, nam hij zich voor. En ik ga nooit meer weg. Noooit meer…

Het pad maakte een bocht en ze kregen het volle uitzicht op de rivier en de brug. Als door de bliksem getroffen bleef Sjeng staan. 'Godverdekut…' fluisterde hij zacht. 'Godverdegodgloeiende kut…'

Zittend op de ezel sloot Abel zijn ogen en ademde door zijn neus. Nee, dit is niet waar, beval hij zichzelf. Zeg dat het niet waar is. Hij deed zijn ogen open en deed ze snel weer dicht. Het was geen brug. Het was een aquaduct en het was ingestort. Alleen het voorste deel, met een soort stenen wachthuisje, stond er nog, de rest lag in grote steenblokken diep eronder op de bodem van de rivier.

Hoofdstuk 26

Sommige moordenaars zien er bedrieglijk onschuldig uit. Een vriendelijke lach, fraai golvend kappershaar, of vertederend lange Bambi-wimpers. Daar had Lasso, die eigenlijk Lazlo heette, maar door niemand zo werd genoemd, allemaal geen last van. Hij had een kort, gedrongen postuur met dikke, gespierde armen en benen. Een wandelende brandkast. Aan de felle, diepliggende oogjes in zijn uitdrukkingsloze smoel en zijn kaalgeschoren kop zag je meteen dat je, als je daar de kans nog voor had, maar beter met een boog om hem heen kon lopen. Valt er dan niets positiefs over hem te zeggen? Nou eigenlijk niet, of het zou moeten zijn dat hij zijn tegenstanders nooit lang liet lijden. Hij maakte er doorgaans direct een eind aan. Snel, bekwaam en doeltreffend. Doden was tenslotte een ambacht en time is money.

Voordat ze vertrokken had Lasso zijn reisgenoot kort en bondig de hiërarchie uitgelegd: 'Ik bepaal wat er gebeurt. Jij blijft achter me en je doet wat ik zeg. Als ik last van je heb maak ik je af. Begrepen?'

Ernstig had Kaiser geknikt. Ja, dat begreep hij wel. Hij nam zich voor extreem voorzichtig te zijn met deze figuur en vooral te doen wat hij zei.

***

'Als hier een brug is, dan is er verderop zeker nog een,' verklaarde Sjeng op gezaghebbende toon. Hij stond de rand van het afgebroken aquaduct en keek de diepte in.

Abel zat onder een boom in het gras en streelde de flanken van de ezel die naast hem aan de blaadjes van een struik stond te knabbelen. 'Het is geen brug,' zei hij vermoeid. 'Het is een aquaduct. Een waterleiding uit de tijd van de Romeinen. Oei! Water! Bijna vergeten...' Hij stond op, hinkte naar de tas en haalde de fles water eruit. 'Hier Plato, jij hebt wel een slurpje verdiend, jongen.' Hij draaide de dop eraf en liet de fles leeglopen in de bek van de ezel.

'Hé!' riep Sjeng. 'Dat is ons laatste water!'

'Dat beest moet toch ook drinken? Hij heeft net zo'n dorst als wij hoor. Misschien nog wel meer. Hij heeft er hard genoeg voor gewerkt.' Abel gaf liefkozende klopjes op Plato's hals. 'Is het lekker, jongen? Held die je d'r bent!'

Een verwensing grommend beende Sjeng naar het wachthuisje. 'Eens kijken wat dit is, misschien moeten we hier vannacht maar zien te maffen.' Hij rukte aan de deur, maar die gaf niet mee. Hij zette zijn gelaarsde voet tegen de muur, greep de ijzeren deurknop met twee handen vast en probeerde de deur open te rukken. Hij kreeg er nauwelijks beweging in. Hijgend liet hij los. 'Verdomme! Hij zit vast!'

Vanonder de boom had Abel zijn pogingen met een geamuseerde glimlach gadegeslagen. 'Wil die niet?' vroeg hij poeslief.

Dreigend keek Sjeng om. 'En jij daar lekker op je luie reet zitten, zeker? Kom helpen, man!'

Abel wees op zijn been. 'Ik ben gewond, weet je nog? Ik kan niks.'

Sjeng kwam naar hem toe. 'Dan moet je vriend maar aan

het werk!' Hij greep het touw van de ezel en nam hem mee. 'Het zijn toch trekdieren?' Met een paar stevige knopen bond hij het touw aan de deurknop en deed een stapje achteruit. 'Trekken maar, beessie!' Met zijn vlakke hand gaf hij een klap op de ezelkont. 'Kom op, laat zien hoe sterk je bent!'

Plato bleef kalmpjes staan en kauwde op een takje.

'Hé! Ezelmans!' riep Sjeng. 'Trek die deur d'r 'ns effe uit!'

Maar van ezelzijde kwam nul reactie. Plato bukte zich, trok bedaard een paardenbloem uit het gras en knabbelde die centimeter voor centimeter naar binnen.

Boos keek Sjeng naar Abel. 'Wat is dat voor een stom beest! Hij doet helemaal niks!'

Abel schudde verwijtend zijn hoofd. 'Natuurlijk niet. Zou jij wat doen als een of andere onbehouwen hork tegen je stond te schreeuwen? Het is een trots dier. Je moet respect voor hem hebben, een beetje beleefd tegen hem zijn.'

'Oké dan. Nono, wees een beste en ruk die deur d'r uit astebliefť.'

Plato verzette nog steeds geen poot en kauwde kalmpjes op een hap gras.

Abel kwam overeind. 'Laat mij maar even.' Hij sloeg zijn arm om Plato's hals en fluisterde in het donzige ezelsoor: 'Niks aan de hand hoor, jongen. De grote boze man is een beetje in de war. Laat hem maar lullen.' Hij streelde de vacht van Plato's hals. 'Kom, zet maar een beetje kracht, doe een stapje naar voren en trek dat deurtje eruit, dan we kunnen we vannacht met z'n allen lekker binnen pitten.'

Plato schraapte met zijn hoef over de rotsen en boog zijn kop naar de grond. Opeens stootte hij een oorverdovend aanvalsgebalk uit en sprong naar voren. 'IAAAA!'

Met een luid gekraak vloog de deur uit zijn hengsels en

knalde tegen Sjengs hoofd. Vloekend struikelde de bendeleider achteruit en belandde languit op de grond.

Abel schoot in de lach en klopte Plato op zijn hals. ‘Bravo, grote held! Wat ben jij een kanjer! Twee vliegen in één klap! Goed gedaan hoor!’ Hij kroelde de ezel onder zijn kin en draaide zich om naar zijn reisgezel. ‘Gaat het, makker?’

Sjeng was opgestaan en sloeg het stof van zijn broek. ‘Stom beest,’ gromde hij verongelijkt.

‘Hoezo? Hij heeft die hele deur eruit gerukt! Dat wou je toch?’

Sjeng ging er niet op in en liep nog nagrommend het huisje binnen.

Abel leidde Plato terug naar het gras onder de berkenboom. Hij brak wat takken af, vlocht daar een soort nest van en maakte het zich gemakkelijk. ‘Zo.’ Hij klopte naast zich op de takken. ‘Deze vind je toch zo lekker? Kom lekker bij me liggen. Even een beetje chillen.’

Plato nam een tak met veel blaadjes tussen zijn tanden en vlijde zich knabbelend naast Abel.

Loom strekte Abel zich uit. ‘Mag ik?’ zei hij en legde zijn hoofd op de warme ezelbuik. Hij hoorde het kloppen van Plato’s hart. ‘Hmmm...’ mompelde hij, ‘terug in de moederschoot...’

Langzaam doezelde hij weg.

‘Plato, ouwe reus,’ zei Abel. ‘Jij weet nog wel ’ns wat. Wat denk je, zou het ooit wat worden met die grote hork?’

Plato trok zijn lippen op in een glimlach. ‘Ik begrijp je zorg, maar probeer voor ogen te houden dat het nooit te laat is om te worden wie je eigenlijk bent. Als je lacht word je vrolijk. Als je aardig doet word je ook aardig. De beste versie van jezelf zit al in je. Zoals Michelangelo zei: “Het beeld zit al in de steen, je hoeft het er alleen maar uit te hakken."' Plato grijnsde toegeeflijk. 'In het geval van onze hork moet er nog aardig wat gehakt worden. Maar het basismateriaal, om maar even in beeldhouwerstermen te spreken, is goed.'

Abel schrok wakker van Sjeng die het huisje uitkwam. Gedecideerd stak hij het pad over en begon in de berm droge bladeren te verzamelen. 'We maffen vannacht daarbinnen,' gromde hij. 'Maar ik ga niet met m'n reet op de rotsen liggen.' Met armen vol gebladerte liep hij naar binnen, spreidde het uit op de vloer en ging terug om meer te halen.

Nadat hij een paar keer heen en weer was gelopen klonk er het uit het huisje: 'Ik vind het wel best zo. Even proberen.' Er klonk driftig geritsel en even later kwam Sjeng naar buiten en klopte tevreden het stof van zijn handen. 'Zo. Mijn bedje is gespreid. Ik heb het geprobeerd, het ligt prima. Retteket naar Beter Bed.' Terwijl hij sprak krabde hij driftig aan de achterkant van zijn jeans.

Geeuwend ging Abel rechtop zitten. 'Is er wat?'

'Nee, een beetje jeuk.' Sjeng stak zijn hand van achteren in zijn broek om beter te kunnen krabben. 'Verdomme!' riep hij. 'Dat jeukt als de tering! Wat is dat, man!'

Abel grijnsde. 'Ik denk dat er een nest wilde bergvlooien in die bladeren zat. Aouta's noemen ze die hier. Dat zijn krengen! Die kunnen venijnig bijten.'

Sjeng voerde nu een soort regendans uit waarbij hij twee handen in zijn jeans had gestoken en zich tegelijkertijd van voren en van achteren heftig krabde. 'Godverdeshit! Ze zitten overal!'

'Ik zou maar gauw die broek uittrekken. Ze vieren feest daarbinnen.'

Sjeng wist niet hoe snel hij zijn riem los moest gespen en

stroopte woest zijn broek naar beneden.

'Eerst je laarzen, man!' riep Abel. 'Dan je broek uit en je onderbroek ook.'

Sjeng ritste zijn laarzen los, trok zijn broek uit en onthulde een paar behaarde melkwitte benen die duidelijk nooit zonlicht zagen. Met zijn broek in zijn hand keek hij Abel argwanend aan. 'Rot jij 'ns een eind op.'

'Gooi die broek weg, man! Zo meteen springen ze nog in dat boevenvest van je. Dan bijten ze je echt helemaal gek.'

Vloekend smeet Sjeng zijn broek van zich af en schopte zijn laarzen erachteraan. In zijn onderbroek maakte hij een bevelend gebaar naar Abel. 'En nou wegwezen jij! Ik ga hier niet voor jouw lol in m'n blote reet staan!'

Met een brede grijns draaide Abel hem zijn rug toe en riep over zijn schouder: 'Goed uitkloppen, die onderbroek! Je weet nooit wat daar allemaal nog meer in zit!'

***

Lasso liep met Kaiser achter zich aan de heuvel op. Ze waren gekleed in groenbruine camouflagekleding. Lasso droeg een zwaar legerpistool in een holster om zijn been. Toen ze de top bereikten haakte hij een etui van zijn gordel en haalde er een mini-drone uit die hij voor zich op de grond zette. Op de remote control stelde hij hem in en even later hing de drone hoog boven de bomen. 'Zo, 'ns even kijken waar die suckers precies uithangen,' mompelde hij grimmig en tikte op Beeld vergroten.

Hoofdstuk 27

De zon was net op en drenkte het landschap in een zacht abrikooskleurig licht, aan weerszijden van het pad voor de watermolen groeide hoog opgeschoten bloeiend fluitenkruid en de sneeuwplekken op de bergtoppen in de verte weerspiegelden de vaag oranje ochtendzon. 'Wat mooi!' zei Kimberley. 'Dat is precies die muurprint die wij in de slaapkamer hebben!'

Angela lachte. 'Dan had je beter thuis kunnen blijven, had je het vanuit je bed kunnen bekijken.' Ze deed haar rugzak om. 'Kom, dan gaan we.'

'Ik heb het gevoel dat we de rivier moeten volgen,' zei Kimberley. 'Ergens zou er dan een brug naar dat dorp moeten komen.'

'Want ze zijn die kant opgelopen, denk je?'

'Zeker.'

Een tijd lang liepen de twee vrouwen naast elkaar de heuvel op. Loofbossen veranderen in sparrenbossen met hoge toppen, afgewisseld met alpenweiden met kort stug gras waar witte bloemetjes tussen groeiden.

'Nog even over je leven met Sjeng,' zei Angela. 'Ik vroeg me af, hoe ga je nou om met die agressie?'

'Ja, dat is lastig,' zei Kimberley. Maar we werken eraan, althans ik werk eraan en het gaat al een heel stuk beter dan vroeger. Toen was hij echt niet te houden. Ik heb het idee dat ik hem een beter mens kan maken.'

'Dat lijkt me een hele klus. Want jij bent echt wel een heel ander type dan hij.'

Kimberley glimlachte. 'Ik weet niet wat voor type ik ben. Soms denk ik wel 'ns dat er een oude vrouw in mij leeft, die dingen weet waar ik zelf geen benul van heb. Ik ben eigenlijk nog steeds bezig te ontdekken wat ik nou moet met die rare gave van me en die vreemde gevoelens. Sjeng is er makkelijk in; hij vindt het een "vrouwendingetje", maar voor mij is het iets groots. Iets wat ik probeer te begrijpen en een manier vinden hoe ik het in de hand kan houden en kan sturen, want dat lukt vaak niet.'

'Heb je er last van? Van je gave?'

'Ja. Soms krijg ik beelden door die ik met niemand kan delen. Of ik voel een pijn die geen mens kan begrijpen, waar ik met niemand over kan praten. Dat is echt heel naar… Dan voel ik me zo verschrikkelijk alleen.' Ze keek Angela aan. 'Nu bijvoorbeeld heb ik al een tijdje een heel droevig gevoel en plotselinge vlagen van pijn.'

Geschrokken bleef Angela staan. 'Er is toch niks met Abel en Sjeng?'

'Dat weet ik niet. Ik voel angst… en pijn... En het is niet ver.'

'Hoe lang voel je dat al?'

'Een kwartier of zo?'

'Verdomme, dan is er missch…'

'Wacht!' Kimberley bleef staan. Ze sloot haar ogen en hief haar gezicht naar de zon. Een tijdje stond ze zo, toen liep ze langzaam het pad af, de bergwei in. Op het ergste voorbereid volgde Angela haar. Ze volgden een woudzoom van hoge donkergroene sparrenbomen. Hier en daar lagen enorme rotsblokken in het gras, ooit van de berghelling naar beneden gerold. Kimberley had haar ogen wijd open en nam grote stappen. Ze kruisten een smal beekje met helder stromend water.

‘Daar!’ riep Kimberley. Ze wees naar twee grijze rotsen die tegen elkaar leunden alsof ze steun zochten. Ertussen lag een schaap. Haar voorpoot was gewond, het rood van het bloed maakte grote, nat glanzende vlekken op de witte vacht. Het beest keek de twee vrouwen aan en mekkerde klaaglijk. Kimberley knielde neer en inspecteerde de poot. ‘Ze zit vast in een klem.’

Angela hurkte naast haar en probeerde de klem open te trekken, maar er kwam geen beweging in. ‘Een wolvenklem. Ik krijg ’m niet open.’ Het doodsbange schaap probeerde uit alle macht te ontsnappen.

‘Hou dat beest vast,’ riep Angela. ‘Straks scheurt ze haar poot er nog af!’

Kimberley groef twee handen in de vettig wollen schaapsvacht en drukte het heftig tegenspartelende dier tegen de grond.

Angela deed opnieuw een poging de twee klemhelften uit elkaar te trekken, maar ze kreeg het niet voor elkaar. Hijgend gaf ze het op. ‘Ze moet van een kudde zijn afgedwaald. Misschien is die hier nog ergens. Dan kunnen we de herder waarschuwen.’ Ze stond op en keek op zich heen. ‘Blijf jij bij dat schaap, ik loop naar boven. Misschien zie ik wat.’

Ondanks de situatie lachte Kimberley. ‘Kijk maar uit!’ riep ze haar na. ‘Die herders hebben soms in geen maanden een vrouw gezien!

***

Een echte, authentieke schaapherder, dacht Angela terwijl ze de heuvel beklom. Zo’n gespierde, zongebruinde jongen met een stoppelbaardje en een parelende witte-tandenglimlach.

Hijgend van inspanning bereikte ze de heuvelrand. Op de helling aan de andere kant bewoog een kudde schapen als een grote witte vlek over het groen van de vallei. Een paar heen en weer schietende bordercollies hielden de boel in het gareel. In de schaduw van een rotsblok zat de herder in het gras. Angela maakte zich zo lang mogelijk en zwaaide met haar armen. 'Halloooo!'

Haar kreet galmde door het dal. De herder keek op, riep een bevel naar de honden en kwam naar haar toe. Zwaaiend met haar armen liep ze hem tegemoet.

Hij droeg een vlekkerig vest gemaakt van een schapenvacht en een modderkleurige broek met leren kniestukken. Enigszins voorovergebogen, leunend op zijn stok, kwam hij op haar af. Oei, de gebochelde van de Notre Dame! dacht Angela. My kind of luck. Ze stak haar hand op. 'Bonjour monsieur!'

De herder bleef gebogen staan, draaide zijn gezicht langzaam omhoog en staarde haar van onderaf aan met een loerende blik. Dat wil zeggen, één uitpuilend oog keek haar aan, het andere was wit weggedraaid en keek ergens het bos in. Ze rook een lucht die haar deed denken aan het nachthok van een bunzing en deed ongemerkt een stapje achteruit. Hij grijnsde en ontblootte daarbij een rij geelbruine tanden waarvan het grootste gedeelte ontbrak.

'We hebben een schaap gevonden,' zei Angela. 'Het zit in een klem, maar die krijgen we niet open! Ze heeft hartstikke pijn! Kunt u meekomen?'

De herder knielde neer bij het schaap en wrikte met zijn knoestige knuisten de klem open. De twee vrouwen hielden haar in bedwang terwijl hij de wond controleerde.

'Niks gebroken,' gromde hij. 'Die kan zo weer mee.' Hij haalde een eind touw uit zijn zak en bond dat het schaap om de hals.

'Gelukkig!' zei Angela en gaf het dier geruststellende klopjes op haar rug. 'We zijn op zoek naar twee mannen. Hebt u die misschien gezien?'

'Nee, ik ben hier de enige man,' grijnsde hij en loerde de vrouwen met één oog wellustig aan. Toen ze niet reageerden, gromde hij stuurs: 'Er komt hier nooit iemand.'

'En het dorp dat we gezien hebben, hoe kom je daar?'

'Erretzu?'

'Is dat het dichtstbijzijnde dorp?'

'Ja.' Hij wees in de richting vanwaar ze gekomen waren. 'Dan moeten jullie die berg af en bij de driesprong naar rechts. Vanaf daar is het een uur of vier lopen.'

'Nee!' kreunde Angela. 'Is er geen kortere route?'

'Jawel, maar dan moet je via het klooster. Daar loopt een pad naar Erretzu. Dat is veel sneller. Alleen...' Hij krabde zich uitvoerig in zijn kruis, waarbij hij een licht gekreun uitstootte. 'Daar kun je niet langs.'

Angela fronste verbaasd. 'Waarom niet?'

Hij haalde zijn schouders op. 'Ik weet niet. Er staan overal borden VERBODEN TOEGANG.' Hij keek de vrouwen met een scheve grijns aan. 'Maar eigenlijk is het de enige weg...'

Hoofdstuk 28

In zijn onderbroek stond Sjeng met brede armzwaaien zijn jeans leeg te slaan op een rotsblok. 'Eruit, kutbeesten!'

Abel zat met zijn rug tegen een boom en streelde Plato die naast hem in het gras lag. Glimlachend sloeg hij de strapatsen van reisgenoot gade. Men een moeizaam gekreun hees hij zichzelf overeind, liep het bos in en inspecteerde voorovergebogen de bodembegroeiing. Even later kwam hij terug met een handvol planten.

'Tering!' riep Sjeng en smeet zijn broek over de rots. 'Die trek ik voorlopig niet aan! Wat jeukt die zooi, man!'

'Dit helpt,' Abel hield de planten omhoog. 'Weegbree. Zit genezend sap in.' Hij kneep de bladeren fijn tussen zijn handen. 'Doe je onderbroek 'ns omlaag?'

Als door een adder gebeten sprong Sjeng achteruit. 'Hé! Ben je soms ook nog een homo of zo? Flikker op, gek!'

'Kap nou toch 'ns met dat schelden, man. "Homo", "watje", "leipo". Waarom altijd dat stomme etiketten plakken? Probeer een ander gewoon te zien als een mens, zoals jij zelf bent. Zonder dat 't uitmaakt dat hij anders is of het niet met jou eens is.'

Sjeng snoof minachtend. 'Als je het niet met mij eens bent, prima, als je je kop maar houdt. En zolang jij maar niet aan m'n reet zit.'

'Doe niet zo kinderachtig man.' Abel hield de fijngewreven weegbree omhoog. 'Dit spul helpt.'

'Ik ga jou echt niet aan m'n reet laten zitten!' Met een

walgende grimas stak hij zijn hand in zijn onderbroek en begon zich driftig te krabben.

'Als je het openkrabt gaat het ontsteken en dan ben je pas echt de sjaak. Doe nou niet zo stom. Laat mij het nou even insmeren, want je kan er zelf niet bij. Zo gepiept en je zal zien, de jeuk wordt minder.'

'Godverdegodver.' Met een woedend gegrom draaide Sjeng Abel zijn brede rug toe en trok zijn onderbroek een paar centimeter naar beneden. 'Vooruit dan! Maar je raakt me niet aan hè!'

'Ik zou niet durven,' grijnsde Abel. Hij stak zijn hand in Sjengs onderbroek en smeerde zijn harige billen in met plantensap. 'Snap je nou waarom Plato niet deed wat jij zei?' vroeg Abel terwijl hij het sap in masseerde.

'Ja,' zei Sjeng zonder om te kijken. 'Omdat het een stom beest is.'

'Nee, je bent zelf een stom beest.'

Sjeng keek dreigend over zijn schouder. 'Hé, rustig an leipo. Of zal ik je hier even over de rand kieperen?'

'Dat is het nou precies! Altijd maar iedereen intimideren. Bij jou op het zigeunerkamp, en bij die bende van je, daarom doet iedereen wat jij zegt.'

'Ja, heel goed.'

'Nee, niet. Want ze gehoorzamen je niet uit respect, maar omdat ze bang voor je zijn. Als ze niet doen wat je zegt, dan bedreig je ze of je slaat ze in elkaar.'

'Ja, prima toch?'

'Maar Plato is niet bang voor je. Die heeft schijt aan je.'

Sjeng haalde zijn schouders op. 'Daarom is het ook een stom beest.'

'Alleen als jij jezelf ook een stom beest vindt.'

'Wat? Hoezo?'

'Omdat jij ook een ezel bent! Net als Plato! Jij hebt toch ook overal schijt aan? Nou, hij ook. Zo.' Hij gaf Sjeng een handvol weegbree. 'De voorkant doe je zelf maar.'

Sjeng nam de bladeren aan en vanuit het niets stond er plotseling een man op het pad. 'Say hello to Carlo,' zei hij kalm en richtte een zwaar legerpistool op Sjeng.

Sjeng bevroor in zijn beweging.

De man had een kaalgeschoren kop, het postuur van een brandkast en droeg militaire camouflagekleding. Achter hem verscheen een identiek geklede figuur.

'Kaiser...,' zei Sjeng verbijsterd. 'Wat de fuck...'

'Carlo is een Desert Eagle punt vijftig magnum,' zei de brandkast. 'Geladen met hollow-pointpatronen. Eén schot en je poot ligt er schoon af. Proberen?' Zijn vinger rustte op de trekker.

'Voorzichtig,' zei Kaiser die zich zorgvuldig achter hem verschool. 'Hij heeft een gun.'

'Laat maar zien die gun, Kolonel,' zei Lasso en glimlachte nauwelijks waarneembaar. 'Maar heel voorzichtig, alsof het je eigen kloten aan een touwtje zijn.'

Sjeng bewoog niet.

Lasso's stem verhardde. 'Nu.'

Langzaam gleed Sjengs hand naar zijn motorvest. Even aarzelde hij en keek Lasso peilend aan. Maar de ijskoude blik uit zijn diepliggende ogen overtuigde hem. Tussen duim en wijsvinger viste hij zijn pistool uit de binnenholster.

'Leg op de grond.'

Sjeng legde het pistool op de rotsen.

'Schop het naar me toe.'

Met zijn blote voet wipte Sjeng het wapen zijn kant op.

Lasso keek er niet naar en hield zijn blik strak op Sjeng

gericht. 'Jij daar met je ezel,' zei hij zonder opzij te kijken tegen Abel. 'Hier komen.'

Abel pakte het touw en hinkte overdreven op de ezel leunend naar voren.

'Check hem,' beval Lasso.

Kaiser nam Abel wantrouwend op. 'Benen wijd, handen in de lucht.'

Achter hen klonken voetstappen. Lasso reageerde als de doorgewinterde professional die hij was. Hij draaide zich niet om, maar deed een stapje opzij, bleef Sjeng onder schot houden en wierp een snelle blik naar het pad.

Daar stonden twee vrouwen: een struise met rossige krullen en een slanke blondine.

'Aab!' gilde Angela en rende naar hem toe.

Lasso hief zijn pistool en schoot in de lucht. De explosie echode tegen de bergen.

'Stop!' riep Lasso.

Angela verstarde en keek verbijsterd van Abel naar Lasso. 'Wat...'

Kimberley zoog haar adem naar binnen. In een fractie van een seconde had ze de situatie doorzien. De man met het pistool. Ze sloot haar ogen en ging zijn brein binnen. Onwillekeurig rilde ze. Het was er donker en koud. Ze kreeg sinistere beelden door. Schimmig, met verwaaide mistflarden. Soms lichtte de duisternis op door glanzende plassen bloed. Een kapotgebombardeerde stad, hier en daar flakkerende vuren tussen het puin. Ze hoorde sirenes loeien, mitrailleursalvo's en huilende kinderen. Ze klemde haar kaken op elkaar en drong dieper Lasso's geest in. Plotseling werd ze bang. Dit ging fout! Ze moest hieruit! Weg uit deze afschuwelijke wereld! Opeens werd er een inktzwarte deken over haar heen geworpen. Een duistere macht, verstikkend als dikke, taaie aardolie, die haar naar binnen zoog, steeds dieper de gruwelijke spelonken van Lasso's ziel in. Waar was de uitgang?! Ze voelde hoe ze werd verstikt door lugubere krachten die zich als tentakels om haar nek wikkelden en haar steeds dieper naar beneden sleurden. Ze moest zich bedwingen om het niet uit te gillen van angst. Ze haalde diep adem en bundelde al haar spirituele krachten. In stilte vocht ze als een wilde kat. De uitgang! Waar is de uitgang! Aan het eind van een lange tunnel zag ze een zware ijzeren deur langzaam dichtschuiven. Snel! Snel! Anders zou ze er nooit meer uit kunnen! Inwendig schreeuwde ze het uit en nam een noodsprong naar de opening. Ze brak door een spiegel die uiteenspatte in een wolk kristallen flinters en opeens was ze vrij. Haar hart bonkte in haar keel, hijgend opende ze haar ogen.

Lasso stond daar als een rotsblok, zijn gespierde benen gespreid. Met een felle blik staarde hij haar aan, zijn pistool trefzeker gericht op het hoofd van de man waar zij zielsveel van hield. Hulpzoekend keek ze naar Abel, maar ze moest machteloos toezien hoe die werd gefouilleerd door de andere militair.

'Nou, Kolonel,' zei Lasso met zijn lijzige stem. 'Je hebt mazzel. De monnik wil je zien. Da's jammer, want ik had je graag je kop van je romp geschoten.'

De ezel! In een wanhoopspoging sloot Kimberley opnieuw haar ogen en ging het hoofd van Plato binnen. Daar was het rustig. Ze zag een rotsachtig bergpaadje omzoomd door acaciastruiken, wat breedbladige groene planten die ze niet kon thuisbrengen en vreemd genoeg ook een vage strelende mensenhand. Ze haalde diep adem en nam de rust van de ezel over. Er was licht, ruimte en zonnewarmte. Ze maakte contact en zond een vleug kuddegeest uit. Samen graasden ze in een bergwei. Al kauwend formuleerde Kimberley een gevoel van dreiging van buitenaf. De kudde was in gevaar! Ze opende haar ogen en zag dat de ezel zijn kop oprichtte en met zijn staart zwaaide. De boze man achter je! waarschuwde ze. Hij valt de kudde aan! De ezel trok zijn lippen op en ontblootte zijn tanden. Weer zond Kimberley een alarmsignaal uit. De boze man! Gevaar!

Plotseling schopte Plato met twee poten tegelijk naar achteren en trof Lasso vol in zijn borst. Het raakte hem als een tank. Struikelend viel hij naar achteren, de Desert Eagle vloog uit zijn hand en verdween over de rand van de brug.

Sjeng dook naar de grond, kwam met zijn pistool in zijn hand weer overeind en loste twee snelle schoten op Lasso. Die sprong weg, graaide in dezelfde beweging een steen van het pad en smeet die met kracht naar Sjengs hoofd. Sjeng dook opzij en richtte met twee handen opnieuw, maar Lasso was verdwenen. Vliegensvlug draaide hij zich om, zijn vinger om de trekker, maar ook Kaiser was nergens meer te bekennen.

Hoofdstuk 29

Abel en Angela vielen elkaar in de armen. 'Ooo schatje,' fluisterde Angela. 'Wat ben ik ongerust geweest!' Ze drukte hem plat tegen haar borst. 'Wat ben ik blij dat ik je weer gevonden heb. Wil je nooit meer zomaar weggaan?'

Abel streelde haar krullen. 'Poekie, neee! Ik ben veel te blij dat we weer samen zijn! Ik heb je zo gemist!'

'Wat is er met je been! Dat verband! Wat heb je!?'

'O niks, een schrammetje.'

Kimberley had zich in Sjengs armen geworpen. 'Sjengieieie, lieverd. Ben je oké?'

Hij trok haar tegen zich aan en kuste haar. 'Tuurlijk wijffie, wat dacht je. Niks aan de hand.'

'Wat een griezel!'

'Mwoah,' suste hij. 'Een mafketel.' Hij klopte op het pistool in zijn vest. 'De volgende keer leg ik 'm neer. Kom.' Hij liet haar los en raapte zijn jeans op. 'We moeten hier weg. Straks komen ze terug. En dan misschien met een heel zootje van die gasten.'

Abel maakte zich los uit zijn omhelzing en sloeg zijn armen om de nek van de ezel. 'Plato! Grote held! Wat heb je dat goed gedaan!' Plato flapperde met zijn ezelsoren en schraapte bescheiden met een voorpoot over de grond. Kimberley en Angela kwamen erbij staan, streelden zijn rug.

Kimberley boog zich naar zijn oor en zei zacht: 'Lieve schat. Je hebt ons gered. Dankjewel…'

Sjeng klopte de ezel op zijn kont. 'Tof, beessie. Goed gedaan.

Blij dat we je niet op de barbecue hebben gegooid.' Hij wierp een blik in de richting waarin hun aanvallers waren verdwenen. 'Kom. We gaan.'

'Kunnen we niet beter hier blijven?' zei Abel. 'Het wordt al donker. Ik denk niet dat ze dan nog terugkomen.'

'Dat weet je toch niet!?' zei Sjeng. 'Misschien hebben die gasten daar schijt aan. Ze hebben vast allerlei apparaten, infraroodbrillen of warmtezoekers. Weet jij veel.'

'Vind ik ook,' zei Angela. 'We moeten hier weg. Ik heb daarnet een paadje naar beneden gezien. Als dat naar de rivier gaat lopen we langs het water en uit het zicht. En misschien vinden we daar ergens een plek waar we kunnen overnachten. Kom.' Ze ging hen voor.

***

Het pad tussen de struiken was vrijwel onzichtbaar als er niet een groot felgeel bord bij had gestaan met in rode kapitalen ATTENTION DANGER, gevolgd door een lang verhaal in rode letters.

'Wat staat daar?' vroeg Kimberley.

Zachtjes prevelend las Angela tekst. 'Er staat dat het gevaarlijk is om je in de bedding of de oevers van deze rivier te wagen omdat het water plotseling sterk kan stijgen door de werking van waterkrachtcentrales.'

'Oké,' zei Kimberly. 'Wat is "sterk stijgen"?'

Angela fronste bedenkelijk. 'Als ze bij zo'n waterkrachtcentrale ergens boven een sluis opengooien, komt hier een soort tsunami doorheen donderen. Dus misschien is het toch niet zo'n goed idee om daar beneden te gaan lopen.'

'Niks aan de hand,' zei Abel. 'Zolang als ik in Frankrijk

woon heb ik dat nog nooit meegemaakt. Allemaal bangmakerij.'

'Precies,' viel Sjeng hem bij. 'Kom, we staan hier al veel te lang te lullen.'

Terwijl de zon in een baaierd van oranje en paars wegzonk achter de bergtoppen, leidde Plato zijn vier reisgezellen achter elkaar een moeilijk begaanbaar paadje af dat steil naar beneden voerde. Waar de ezel met trefzekere pasjes over de losse steenslag bergafwaarts liep, gleden de vier voortdurend uit en moesten allerlei acrobatische toeren uithalen om niet te vallen.

'Wie waren die griezels?' vroeg Angela tijdens het afdalen. 'Wat wilden ze van jullie?

'Die lange is mijn boekhouder,' zei Sjeng die voor haar liep.

'Pittige boekhouder wel.'

'Hij heeft bij de commando's gezeten.'

'Dat is die vent die we die brief moesten geven,' zei Abel.

'Wat doet hij in godsnaam hier dan?' vroeg Angela.

'Ze hebben 'm gek gemaakt,' gromde Sjeng. 'Hij denkt dat ik hem om wil leggen.'

'En dat is niet zo?'

Sjeng bleef staan en draaide zich om. 'Nee, natuurlijk niet. Hij is degene die me kan cleanen. Die ga ik toch niet poppen?' Zijn voormalige accountant binnensmonds vervloekend vervolgde hij de afdaling.

Na veel uitglijden en struikelen bereikten ze de rivier.

'Zie je wel?' zei Abel. 'De oevers zijn kurkdroog. Hier is in geen jaren water doorheen gekomen.'

'Als we naar dat klooster willen moeten we hier naar links,' zei Kimberley.

'Hoezo een klooster?' wilde Abel weten.

'We spraken vanmiddag een herder,' zei Angela. 'De kortste

weg naar de auto is via een klooster. Dat is hier vlakbij volgens hem.'

'Dan willen we naar het klooster,' zei Abel opgelucht. Hij greep Plato's touw. 'Vooruit met de geit!'

Over de keien van de rivierbedding was het lastig lopen. Niettemin legden ze langs de zanderige oever een aantal kilometers af. Soms versmalde de waterloop zich tot enkele meters, dan verbreedde hij zich weer en werd vrij diep met in het midden eilandjes van rivierkeien begroeid met wilgenbosjes. De zon ging bijna onder en in de kloof waar ze doorheen liepen werd het steeds donkerder. Ze rondden een bocht en plotseling vonden ze hun doorgang versperd door huizenhoge rotsblokken. Waar ze ooit met machtig geweld van de berg naar komen donderen, daar lagen ze nu schots en scheef over elkaar in het water, een onoverkomelijke barrière.

Met zijn vieren naast elkaar staarden ze naar de rotspartij.

Abel fluisterde een lang aangehouden 'Fuuuck...'

'Neee...' kreunde Kimberley. 'Zouden we nou dat hele eind weer terug moeten?'

'Liever niet,' zei Angela. 'We vinden vast wel een manier. Dit is trouwens helemaal niet zo'n gekke plek. Het is van bovenaf niet te zien en er ligt een mooi droog zandstrandje naast. Laten we hier overnachten.'

***

Onder het bleke licht van de maan zaten de vier reizigers in het zand om een tafel die Kimberley had gemaakt van rivierkeien en stukken drijfhout. Om hen heen was alles groots en leeg. Uit het duister klonk het getjirp van de avondkrekels, de eenzame roep van een nachtvogel, de rivier kabbelde zachtjes voorbij. Plato stond met zijn touw aan een paal in de grond en knabbelde op zijn gemak aan wat berkentakken die Kimberley voor hem van een boom had gesneden.

Angela brak een stokbrood in stukken. 'Voilà! Keihard, dus extra knapperig.'

'Nee!' riep Abel uitgelaten. 'Het is niet waar!' Hij trok een halfvolle fles rosé uit haar rugzak. 'Schatje! Je bent een geweldenares! Je weet niet half hoeveel ik van je hou!'

Glimlachend stortte Angela de inhoud van een blik in het pannetje op het campinggasje. 'Couscous met tomaat en courgette.' Ze stak Abel en Sjeng een lepel toe. 'We hebben maar twee lepels, dus allemaal om de beurt eten. Bon appétit!'

Kimberley sopte een stuk stokbrood in het couscous en at het op. 'Hoe zullen we verdergaan morgen?'

'Gewoon.' Abel vulde de twee glazen met rosé. 'Via die rotsen. Als het water ertussendoor kan, kunnen wij dat ook.'

'Ik weet het niet,' zei Angela. 'Als we nog steeds naar dat klooster willen, moeten we supervoorzichtig zijn.'

'Hoezo?' vroeg Abel.

'Hoezo?' Angela's ogen schoten vuur. 'Omdat we dankzij JOU in de shit zitten, Aab! En niet zo'n beetje ook! Door die rotsen hier kunnen we geen kant op terwijl er een stel moordenaars achter ons aan zitten!' Ze sprong op en begon te ijsberen. 'Allemachtig. Hoe heb ik het ooit zo ver kunnen laten komen? Dit is gekkenwerk! Wat doe ik hier? Ik wil terug! Terug naar de normale wereld! De B&B, de gasten, koffiedrinken met een croissantje. In wat voor gekkenhuis heb je me in godsnaam meegesleept! Ik ben er helemaal klaar mee, Abel Jongbloed!' Ze wierp haar hoofd in de nek en wendde haar gezicht met gesloten ogen naar de sterren. Een machteloos gekreun ontsnapte aan haar opeengeklemde kaken.

Kimberley boog zich naar Abel. ‘Ik denk dat het goed is als je even naar haar toe gaat.’

Hij hees zich overeind en liep met zijn glas in zijn hand naar haar toe. ‘Poekie, lieverd, wacht nou even. Hier, een slokje rosé.’

Maar ze draaide hem haar rug toe en liep naar de oever van de rivier.

Met hangende schouders drentelde Abel naar Plato die juist een takje uit de stapel trok en erop begon te knabbelen.

Abel hurkte naast hem, streelde zijn vacht en liet zijn voorhoofd rusten tegen het hoofd van de ezel. Plato reageerde niet en riste met zijn tanden wat blaadjes van het takje. Na een tijdje vroeg Abel: ‘Hoe kan het dat ze zo boos is, Plato? Waarom ziet ze mij als een soort nono?’

Plato glimlachte. ‘Omdat je lui bent geworden.’

‘Lui? Ik?’

‘Ja, jij. Al die jaren was het Angela die achter je aan liep en de problemen oploste die jij had veroorzaakt. Daar wende je aan. Want het kwam jou wel van pas. Lekker makkelijk. Ze was er altijd. Jij kon vanuit je zogenaamde naïviteit de ene stomme blunder na de ander maken en zij ruimde achter je reet het puin op. En dat kwam jou wel goed uit. En nu vind je het raar dat ze wel een keer klaar is met jou?’

***

Kimberley legde haar hand op Sjengs knie. ‘Zeg ’ns eerlijk, Sjengie. Denk jij dat die kerels van dat klooster waren?’

‘Nou,’ grijnsde Sjeng, ‘ze zagen er niet echt uit als monniken.’

‘Maar die griezel had het wel over een monnik die jou wou zien!’

Sjeng haalde zijn schouders op en schepte met zijn lepel een hap couscous uit het pannetje. ‘Weet ik veel wat die gek allemaal lult.’

Angela en Abel kwamen terug, de armen om elkaar heen.

‘Luister,’ zei Angela terwijl ze gingen zitten. ‘We kunnen maar één ding doen en dat is over die rotsen klimmen, langs dat klooster en dan zo snel mogelijk naar de auto. Maar ik weet zeker dat die twee moordenaars bij dat klooster horen. En wie weet hoeveel nog meer. Het is vast een of andere dekmantel, dus we moeten daar ongemerkt langs zien te komen.’

‘Maar als dat misgaat?’ zei Kimberley. ‘En we krijgen die kerels achter ons aan, wat dan? Sjengie?’

Sjeng klopte op het pistool onder zijn motorvest. ‘Dan leggen we ze neer.’

‘Eén pistool,’ zei Abel weifelend. ‘Dat is niet veel.’

Angela stak haar hand in de rugzak en haalde er iets uit. ‘Ik heb nog dit.’

‘Hé!’ Geïnteresseerd boog Sjeng naar voren. ‘Wat is dat?’

‘Een zelfgemaakt hagelpistool. Had Abel van de buurvrouw geleend, ik heb het maar meegenomen.’

‘Mooi ding. Maar daar kun je maar één keer mee schieten. Hoeveel kogels heb je erbij?’

‘Alleen die ene die erin zit.’

‘Dan heb je één kans.’

Hoofdstuk 30

De volgende ochtend, de zon was nog maar net op, schrok Kimberley wakker van een zacht geknabbel aan haar oorlel.

'Hmmm... Sjengie,' kreunde ze slaperig en draaide zich om voor een kus. Maar de lippen die ze op de hare voelde waren weliswaar zacht, maar ook erg groot en nat. Geschrokken sloeg ze haar ogen op en keek recht in de trouwhartige snuit van de ezel. Ze schoot overeind. Plato schraapte met zijn hoef over de grond en spitste zijn oren. 'Plato...' fluisterde ze. 'Wat is er? Waarom...' Plotseling hoorde ze ver weg een dreigend gerommel. Onweer? Ze schudde Sjeng wakker.

Ook Angela kwam overeind. 'Wat is dat?' zei ze schor van de slaap. Opeens schoot het haar te binnen. 'Aab!' riep ze. Abel schrok op. 'De waterkrachtcentrale! Kom!' Ze trok hem aan zijn arm omhoog. 'Naar boven! Die rotsen op!'

Kimberley greep het touw en trok de ezel mee. 'Kom, Plato! Vlug, vlug, vlug!' Ze renden naar de rotspartij en probeerden naar boven te klimmen.

Angela duwde Abel een rotsblok op, maar hij gleed telkens weer terug. 'Omhoog!' riep ze. 'Sjeng! Help! Het is hier spekglad!'

Achter hen zwol het dreigende gedonder aan. Sjeng rende naar haar toe en duwde Abel de rots op.

'Plato, kom!' Kimberley trok aan het touw. Maar Plato rukte met zijn kop en sleepte Kimberley mee, weg van de rivier naar een onzichtbaar paadje dat tussen de struiken langs de rotsen omhoogvoerde.

'Hé!' schreeuwde Kimberley naar de anderen. 'Hier loopt een pad! Hierheen!'

Sjeng, Angela en Abel renden naar haar toe en klauterden zo snel als ze konden achter de ezel aan het pad naar boven op. Onder hen was het water in de rivier snel aan het stijgen en spatte aan alle kanten schuimend tegen de rotsen. Het gedonder klonk steeds harder en werd oorverdovend.

'Sneller!' Hijgend duwde Kimberley de ezelkont voor haar het pad op. 'Kom op, lieverd! Omhoog!'

Plotseling kwam achter hen met donderend geraas een muur van water om de bocht. Hele bomen werden meegesleurd en wervelden als luciferhoutjes in de stroom. Met geweld sloeg de reuzengolf kapot tegen de rotsen. Onder hen werd het pad compleet weggespoeld.

'Sneller!' schreeuwde Sjeng naar boven. 'Kimmie! Schiet op!'

Een nieuwe huizenhoge golf kwam de bocht door denderen en sloeg naar boven, hoger nog dan de eerste.

'Hou je vast!' gilde Angela die met Abel achteraankwam. Maar het geluid van het brullende water overstemde haar angstschreeuw. De vloedgolf barstte over haar heen en haar gegil werd gesmoord in water, terwijl de grond onder haar voeten wegspoelde.

'Hierheen!' brulde Sjeng. Hij greep Angela en Abel tegelijk in hun kraag en sleurde ze uit de modderstroom op het droge. 'En doorlopen! Dóór!' schreeuwde hij boven het gedonder van het water uit.

Plato was overgegaan in een soort berggalop en de vier worstelden zich hijgend door de struiken achter hem aan omhoog. Naast hen spoot het water door de spleten en gaten van de rotspartij en doorweekte de vluchtelingen tot op de draad. Abel struikelde en met een kreet van angst gleed hij door de modder naar beneden. Met een woedend gebrul sprong Sjeng hem achterna en wist nog net zijn hand te grijpen. Hij trok Abel omhoog op en droeg hem in zijn armen naar boven. Kletsnat en uitgeput klauterden ze achter de ezel aan de berg op. Hoger en hoger tot ze uiteindelijk boven de rotsen uitkwamen en een plateau bereikten.

'God zij geloofd...' kreunde Abel schor terwijl Sjeng hem neerzette. 'We hebben het gehaald...'

Hijgend stonden de vier naast elkaar en staarden in verbijstering naar het natuurgeweld dat zich voor hun ogen afspeelde. Enorme stromen rivierwater knalden uit de rotsen, spoten schuim spattend in hoge stralen de blauwe hemel in en kletterden neer op de reizigers, de ezel en de struiken om hen heen.

Een tijd lang stonden ze daar op adem te komen.

Opeens voelde Kimberley dat Plato's lippen zachtjes aan haar shirt trokken. Ze draaide zich om en volgde zijn blik de vallei in.

Ze legde haar hand op zijn hals en zei zacht: 'Ik geloof... dat Plato het klooster heeft gevonden.'

Hoofdstuk 31

Moe en tot op het bot doorweekt stonden Angela, Abel, Sjeng en Kimberley in hun kletsnatte kleren op het rotsplateau en staarden naar het sinistere bouwwerk aan de overkant van het dal. Het werd door de ochtendzon in een vaal licht gezet, maar op een vreemde manier straalde het geen schoonheid uit, eerder een sombere dreiging. Hoge muren van zwart basalt en op alle hoeken lompe vierkante torens. Een onneembare vesting. Niets bewoog, niets duidde op bewoning. Zelfs de vogels hadden hun heil elders gezocht, leek het wel.

'Gezellige boel,' zei Abel. Hij wees naar een trekkerspoor dat de heuvel af slingerde. 'Als we hier naar beneden gaan kunnen we erlangs, naar dat weggetje dat daar de hoek om gaat. Dat gaat vast naar het dorp.'

'No way,' zei Angela. 'Op dat pad zien ze ons van kilometers ver aankomen. We staan hier sowieso hartstikke in de kijkerd. Kom!' Ze wees op een nauwelijks zichtbaar paadje dat het bos in voerde. 'Als de donder hier vandaan!'

***

'Wat bedoel je precies met "kwijt"?' Sargon leunde achterover in zijn comfortabele draaistoel van cognackleurig leer. Terwijl hij op antwoord wachtte pakte hij het kleine gouden Toetanchamon-beeldje van zijn bureaublad en woog het in zijn hand. Zijn vingers streelden de puntige hoeken.

Lasso stond op het groene tapijt voor zijn bureau. Hoewel hij breeduit stond, zijn armen over elkaar als een toonbeeld van onverzettelijkheid, was hij op zijn hoede. Elke spier in zijn lichaam was gespannen om opzij te duiken als zijn baas in een explosie van woede dat beeldje naar zijn kop zou smijten. 'Ik werd aangevallen door een muilezel,' verklaarde hij kortaf. 'Ik struikelde. Verloor m'n gun. Hij was gewapend. Dus ik trok me terug.'

'En nu?'

'Zeg het maar.'

Sargon ging rechtop zitten. Zijn vuist omklemde het beeldje alsof hij het tot moes wilde knijpen. 'Ga terug,' zei hij zacht. 'En breng die klootzak hier.'

***

Het bos bestond uit hoge sparren, afgewisseld met berken en hazelaars. Tussen de bomen vielen zonnestralen in rechte banen schuin uit de hemel. Op een rij achter elkaar liepen ze door heuphoge groene varens, Angela voorop, daarna Abel met Plato, gevolgd door Kimberley en Sjeng.

Bij een bocht in het pad hield Angela halt en draaide zich om. 'Nou, hier zijn we in elk geval uit het zicht.' Ze zette haar handen in haar zij. 'Maar nu. Wat gaan we doen?'

'Naar de auto,' zei Abel.

Deze nogal naïeve benadering van hun probleem viel verkeerd bij Angela. 'Aab!' Met vlammende ogen keek ze hem aan. 'Denk nou toch 'ns keer na! In dat klooster zit een stel professionele moordenaars! En wij moeten daarlangs!' Woedend wendde ze zich tot Sjeng. 'En jij! Waar ben jij mee bezig!? Waar ben je ons aan het inluizen, met die zogenaamde boekhouder van je! Je hebt ons allemaal bijna de dood ingejaagd met je leugens! Zelfs je eigen vrouw!' Ze sloeg haar handen voor haar gezicht en masseerde haar ogen. Een moedeloos gekreun ontsnapte haar lippen.

Kimberley sloeg een arm om haar schouders en trok haar tegen zich aan. 'Het komt goed, Angie,' suste ze. 'We komen hier heus wel uit. Rustig maar...'

Abel voelde dat hij iets moest doen, maar hij wist niet zo gauw wat. Dus sloeg hij ook maar een arm om zijn vrouw heen. 'Sorry hoor schatje,' zei hij berouwvol. 'Dat ik je hierin heb meegesleept. Ik dacht dat...' Toen wist hij het ook niet meer en beperkte zich tot wat aarzelende schouderklopjes die geruststelling moesten uitdrukken.

Plotseling rechtte Angela haar rug. 'Oké,' zei ze kordaat. 'We moeten door. Er is maar één weg en dat is langs dat klooster. Maar ze hebben daar geheid bewaking. Gisteren waren ze met z'n tweeën, maar er zijn er waarschijnlijk meer. En ze zijn gewapend. Dus wat doen we als ze ons zien en ze komen ons achterna? Sjeng, dit is jouw pakkie-an. Hoe gaan we dit doen?'

De bendeleider dacht na. Ter afleiding krabde hij omstandig in zijn door wilde bergvlooien geteisterde schaamstreek en liet daarbij een gegrom horen als een grizzlybeer die zit te eten.

'Nou?' hield Angela aan. 'Sjeng Schellekens? De Kolonel? Leider van de gevreesde Gipsy Bandits-motorbende? Vrijgesproken crimineel? Komt er nog wat van? Hoe gaan we dit oplossen?'

Sjeng grijnsde. 'Ik zou zeggen, laten we die hele zooi daar overhoop knallen.'

Angela deed een stapje achteruit. 'Hoe bedoel je dat?'

Sjeng hoorde het zichzelf zeggen. Zijn spontane hersenscheet overviel hem zelf ook een beetje, maar toch was deze benadering, in al zijn eenvoud, zo gek nog niet. In Nederland had hij deze tactiek een aantal malen met groot succes toegepast, dus waarom hier ook niet? 'Ja,' zei hij monter. 'Ik heb mijn gun, jij hebt dat hagelblaffertje, we overvallen die gasten daar, schieten de boel aan gort en dan ervandoor naar de auto.'

Zwijgend staarde Angela hem enige ogenblikken aan. Niemand sprak.

Toen zei Angela zacht: 'Volgens mij meen je dit nog ook...'

Sjeng fronste niet-begrijpend. 'Ja natuurlijk...'

'Beste jongen,' zei Angela zuchtend. 'Dat is natuurlijk precies wat we NIET gaan doen.'

'Hoezo?'

'Omdat wij geen moordenaars zijn! We gaan niemand doodschieten.'

'O? En hoe wou je daar dan langskomen? Aanbellen en een bloemetje voor ze meenemen?'

Hoofdschuddend begon Angela te ijsberen tussen de varens. Toen keek ze op. 'Wat we gaan doen is dit: we gaan naar dat klooster, zo dichtbij als we kunnen, maar we blijven in het bos. Daar houden we ons gedekt tot het donker is en dan sluipen we langs de kloostermuur, het pad over naar de auto. Gewoon ongezien erlangs en naar huis. We gaan niemand doodschieten.'

Hoofdstuk 32

In het bos was het warm en er liep geen pad. In het gefilterde zonlicht onder de bomen worstelden ze zich door hoge varens, geplaagd door bosvliegen die, opgetogen over het feit dat er eindelijk weer 'ns iets te eten langskwam, in grote aantallen opvlogen uit de struiken en venijnig zoemend op hun bezwete gezichten gingen zitten. Wild om zich heen slaand liepen ze achter elkaar door het gebladerte.

'Die kutbeesten zijn niet te meppen!' foeterde Sjeng nadat hij zichzelf in zijn drift al een paar keer hard op zijn wang had geslagen.

Iedereen krijgt wat hij verdient, dacht Angela, maar ze in plaats daarvan riep ze over haar schouder: 'Pluk zo'n varenblad af, daar kun je ze mee weg wapperen.'

Met rood bezwete hoofden stopten de vier rond het middaguur een eind voor de rand van het bos. In de verte schemerden de onheilspellende contouren van het klooster door de bomen.

'Hier blijven we tot het donker wordt,' zei Angela.

'Lekker wel,' mopperde Sjeng terwijl hij zichzelf in zijn nek sloeg. 'Kunnen we de hele middag gaan zitten wachten. Terwijl we gek gestoken worden door die kutvliegen.'

Abel inspecteerde de grond op concentraties bergvlooien, bosmieren en ander natuurgespuis en liet zich kreunend tussen de bladeren zakken. Hij plukte een bosje varens en begon vliegen van zich af te meppen. Angela en Kimberley namen Plato van hem over en gingen op zoek naar een plek waar wat eetbaars voor hem groeide.

'We moeten hier zeker nog een uur of vier zitten voordat het donker wordt,' zuchtte Abel toen de vrouwen weg waren.

'Als het geen vijf uur is,' gromde Sjeng en ging naast Abel zitten.

***

Het was het heetst van de dag. De twee mannen zaten naast elkaar tussen de varens en zweetten overvloedig. Hierdoor kwamen er nog meer bosvliegen op hen af die ze voortdurend met nijdige gebaren uit hun gezicht probeerden te meppen.

'Merde,' mopperde Abel. 'Nog vier uur hier wachten. Verschrikkelijk!' Met een pijnlijk gekreun probeerde hij een houding te vinden die enigszins comfortabel was.

Een tijd lang zwegen ze. Sjeng had zijn mes uit zijn laars getrokken en maakte daar zijn nagels mee schoon.

Opeens zei Abel: 'Zou dat te doen zijn, eigenlijk? Die gasten overhoop knallen?' Hoopvol keek hij naar Sjeng. 'Ik bedoel, flik jij dat?'

Zijn reisgenoot trok een pijnlijke grimas. 'Ik weet niet met hoeveel ze zijn. Als het er niet te veel zijn moet het kunnen.'

'Dan vind ik het misschien toch niet zo gek,' knikte Abel. 'Maar ja, jij in je uppie...'

'Jij kan meedoen. Jij kan dat blaffertje van je vrouw nemen, dan zijn we met z'n tweeën. Dat waren zij ook.'

Hier moest Abel even over nadenken. Hij stelde zich voor hoe het zou zijn om het hagelpistool op Kaiser te richten en de trekker over te halen. Een explosie, een wolk van duizend loden kogeltjes die Kaisers gezicht tot een soort tomatenpuree zou slaan. Hij rilde. 'Tja, eh, nee... Ik weet niet of ik wel de juiste persoon ben voor dit soort activiteiten.' Hij schudde de beelden van zich af. 'Maar jij zou dat pistool er toch bij kunnen nemen? Dan heb je er twee. Angela zou toch nooit op iemand schieten.'

Met Plato tussen zich in kwamen Angela en Kimberley uit de struiken.

'Die heeft zijn buikje weer dik en rond,' zei Kimberley.

'Nou wij nog,' gromde Sjeng.

'Geen probleem,' zei Angela. Ze trapte wat varens plat, ging erop zitten en haalde een blik witte bonen in tomatensaus uit haar rugzak. 'We kunnen hier geen vuur maken, maar honger maakt kouwe bonen zoet. Alsjeblieft.' Ze trok het blik open en stak Sjeng een lepel toe. 'Om de beurt een hap en doorgeven. Bon appétit.'

Angela schraapte het laatste restje uit het blik. 'Zo, dat was lekker.' Ze borg het lege blik in haar rugzak. 'En nu maar wachten tot het donker wordt.'

'Dat kan nog wel even duren,' mopperde Sjeng.

Kimberley streelde de ezel die naast haar op een berkentak stond te knabbelen. 'Kom maar Plato, kom lekker bij me liggen.'

Plato flapperde met zijn ezelsoren, keek haar schuin aan en ontblootte zijn lange gele tanden.

'Het lijkt wel of hij tegen je lacht,' zei Angela.

'Kom maar.' Kimberley krabbelde de ezel over zijn donzige wang. Plato zakte door zijn knieën en kwam naast haar tussen de varens liggen. 'Mooi zo. Brave jongen.' Zachtjes streelde ze zijn hoofd.

Dit leek Abel een strategisch moment om zijn nieuwe visie op de situatie te ventileren. 'Sjeng en ik hadden het er net over...'

Argwanend keek Angela hem aan. 'Ja?'

'Nou, dat het misschien toch niet zo'n gek idee is om de aanval te kiezen in plaats van de verdediging.'

'Wat bedoel je?'

'Julius Caesar zei het al: "Een onverhoedse aanval is de beste verdediging."'

'Ja, en?'

Abel maakt een gebaar dat vanzelfsprekendheid moest uitdrukken. 'Jij geeft je pistool aan Sjeng, die legt die twee gasten neer en wij kunnen erlangs.' Hij mepte een paar vliegen van zijn gezicht. 'Het is hier niet te harden!'

'Djiezus! Begin jij nou ook al?'

'Nou ja...'

'We gaan hier niet lopen schieten! Dat heb ik toch gezegd? Mensen, wie dat ook mogen zijn, ga je niet moedwillig afknallen. Dat is nou net waarom het zo slecht gaat in de wereld. Altijd maar die eeuwige agressie! Als we deze maatschappij willen veranderen, dan is dat precies waar we nou eindelijk 'ns mee moeten kappen. Jij wil toch ook een betere wereld?'

'De wereld wordt een stuk beter als we dat gajes er vanaf schieten,' kwam Sjeng tussenbeide.

Dat was tegen het zere been. 'Sjeng Schellekens,' zei Angela grimmig, 'door alles wat er is gebeurd zijn onze levens zich een beetje aan het verweven, maar denk niet dat je mij jouw mentaliteit kan opdringen. Als er één ding is dat ik NIET wil, is het worden zoals jij. Ik had je dat al veel eerder willen zeggen, maar ik heb verschrikkelijk de pest aan geweld. In mijn kleine leventje probeer ik gewoon een beetje aardig te zijn voor iedereen. Dat zou jij ook 'ns moeten proberen. Gewoon goed doen. Iemand helpen in plaats van hem in elkaar te slaan. Mens zijn. Ik kan je verzekeren, daar krijg je positieve energie van, dat geeft een goed gevoel.'

Sjeng haalde zijn brede schouders op. 'Ik krijg een goed gevoel als ik iemand op z'n bek sla en ik hoor z'n neusbotje kraken onder m'n vuistslag.'

Angela stond abrupt op en wendde zich hoofdschuddend af.

Kimberley kwam naast haar staan en sloeg een arm om haar heen. 'Hij bedoelt het niet zo,' zei ze zacht.

Een paar minuten lang zei niemand iets. Toen draaide Angela zich om. 'Oké. We hebben een dilemma.' Ze knikte naar Abel en Sjeng. 'Jullie willen erop af en ik wil wachten.' Ze wendde zich naar Kimberley. 'Dus, Kim, jij hebt nu de beslissende stem. Zeg het maar, wat vind jij dat we moeten doen?'

Kimberley knikte. Nadenkend knielde ze naast de ezel tussen de varens en streelde zijn grijze vacht.

Iedereen keek haar aan, maar ze nam de tijd, gaf zachte klopjes op de zijkant van Plato's hals.

Toen zei ze peinzend: 'Laten we het aan Plato vragen.'

'Hè?' zei Sjeng. 'Waarom zou je dat aan dat beest vragen?'

Ze glimlachte. 'Plato is intelligenter dan je denkt, lieverd. En hij heeft ons al een keer het leven gered, vergeet dat niet.'

Sjeng haalde zijn schouders op. 'Is goed hoor, wijffie. Vraag hem maar zo veel als je wil.' Grinnikend voegde hij eraan toe: 'Misschien heeft hij wel zin om met ons mee te gaan naar die gasten daar. Een beetje ass kicken...'

Kimberley stond op, het touw in haar hand. De ezel kwam overeind en volgde haar. Ze draaide zich om zodat ze naast elkaar stonden en tussen de bomen door het klooster konden zien. Ze sloot haar ogen en legde haar hand op het voorhoofd van de ezel.

Een tijdje stonden ze zo. Toen vroeg ze zacht. 'Plato, mag ik je wat vragen?'

De ezel bewoog even zijn kop alsof hij een bosvlieg afschudde.

Een tijdje bleven ze rustig naast elkaar staan. Tijd verstreek, er leek niets te gebeuren. Toen opende ze haar ogen. 'Ik heb contact. Maar ik begrijp lang niet alles.'

'Wat zegt hij dan?' vroeg Abel.

'Om hem echt te begrijpen moet ik afdalen in zijn geest, maar ik moet ook zijn woorden zien om te zetten in mensentaal. Dat maakt het lastig. Ik vroeg hem of we nu al moesten gaan en hij zei: "Nog niet, mijn goede vriend; het uur is te vroeg. Laten we wachten tot de dageraad. Als de nieuwe dag aanbreekt, dan gaan we. Want de Zwartheid is over het algemeen thuis."'

Kimberley trok een grimas. 'Ik heb geen idee wat hij bedoelt met "de Zwartheid."'

'Ach...' zei Angela zacht. 'Zei hij dat echt? Wat geweldig! Wat mooi!'

'Met die Zwartheid bedoelt hij vast onze vrienden daar,' zei Abel. 'Vraag dat eens?'

Kimberley legde haar hand weer op Plato's hoofd en keerde terug in de schemergebieden van zijn geest. Een paar minuten bleef het stil, toen sperde ze haar ogen wijd open.

'Jemig...' fluisterde ze. 'Hier moet ik even van bijkomen. Dit is wel een hele heftige ervaring voor mij...' Ze knipperde met haar ogen alsof ze ontwaakte uit een droom. 'Ik zal proberen te vertellen wat hij zei. Ik vroeg wat die Zwartheid was en hij zei: "Grote jaloezie wordt gewekt door zijn handelingen; hij is het onderwerp van vele vijandschappen en samenzweringen." Dat begreep ik niet, dus ik zei: "Jawel, maar waar bevíndt hij zich?" Het antwoord was: "De Zwartheid ligt nu nog in bed, gewikkeld in schapenvachten en beddengoed, waarvan er een grote hoop zijn; en naast hem op de bank ligt een vrij jonge jeugd, die zeker opmerkelijk is door haar fraaie uiterlijk en, als ik me niet vergis, is zij van een eerlijke en zachtaardige natuur."'

'Haha,' lachte Sjeng. 'Hij ligt daar met een lekker wijf!'

Niemand ging erop in en Kimberley vervolgde: 'Toen vroeg ik hoeveel mensen daarbinnen waren. Het antwoord was: "Er zijn sommigen aan wie hij kracht verleende. Sommigen gewapend, anderen liet hij ongewapend; en weer andere kleine, wier aard het is om in de lucht te vliegen of in de grond te graven; dit zou hun manier van ontsnappen zijn. En er zijn er naakt en zonder schoenen, zij hebben geen bed of verdedigingswapens. Ook hun aard is om te vluchten."'

'Allemachtig!' fluisterde Angela. 'Wat ongelofelijk! Ik ben echt ontroerd...'

'Die Zwartheid is een of andere eindbaas die daar mensen gevangenhoudt,' zei Abel opgewonden. 'En er lopen bewakers met wapens. Vraag 'ns hoeveel?'

Kimberley legde haar hand op het ezelhoofd, maar Plato tilde zijn staart op en liet een dikke straal urine klaterend op de varens landen.

'Ik geloof dat het spreekuur is beëindigd,' glimlachte Kimberley.

'Maar de boodschap is duidelijk,' zei Angela. 'We wachten tot het donker wordt.'

Hoofdstuk 33

Met een geconcentreerde blik liet Lasso de drone voor zijn voeten landen. Kaiser stond met Aleksi en Soda, twee van Sargons huurlingen, achter hem op het rotsplateau. Ver weg aan de overkant van de vallei verlichtte de late middagzon de lompe torens van het klooster. Met zijn hoofd wees Lasso naar het pad langs de rotsbarrière. 'Ze zijn hier langs de Kaos omhoog geklommen.'

'Door de rivier?' grijnsde Aleksi. 'Dan zijn ze verzopen. Alles is hier zeiknat. Ze hebben vannacht de sluizen opengegooid.'

Lasso kneep zijn ogen samen en nam de omgeving in zich op. Maar eigenlijk deed hij meer. Hij keek niet alleen, hij vóélde. Schichtig als een wild dier tastte hij de fijnste zenuwsprieten van zijn zintuigen af en probeerde te voelen of er energie in de buurt was. Gespannen als een veer, want je wist het nooit zeker. Soms voelde je niks en bleek er toch iets te zijn, of andersom. In een reflex trokken zijn neusvleugels zich samen en geconcentreerd snoof hij de geuren van het bos op. Toen knikte hij. 'Ze zijn hier geweest.' Hij hurkte op een knie en inspecteerde de grond. 'Ezelsporen,' gromde hij terwijl hij de drone inklapte en opborg. Hij wees naar een bijna onzichtbaar paadje dat verdween tussen de bomen. 'Daar zijn ze het bos ingegaan.' Hij stond op en keek naar de zon. 'Over een paar uur is het donker. Vóór die tijd wil ik ze hebben. Kom.'

'Gaat lukken,' grijnsde Soda en legde zijn volgetatoeëerde hand op zijn Uzi pistoolmitrailleur.

***

‘Nog een uurtje,’ zei Abel. ‘Dan kunnen we gaan.’

De vier zaten in een rommelige kring in de varens en keken door het geboomte, hoe de zon als een vlammend oranje schijf verdween achter de muren van het klooster.

‘Eigenlijk zouden we moeten wachten tot de dageraad,’ zei Kimberley. ‘Dat is wat Plato zei.’

‘Tot morgen wachten?!’ protesteerde Abel. ‘Dat is onzin! Donker is donker. Bij de dageraad wordt het juist weer licht. Bovendien, wat weten wij van de tijdsbeleving van een ezel? Misschien is de dageraad voor hem wel het mooiste deel van de nacht. Nee, meteen als de zon onder is sneaken wij erlangs en dan als een speer naar de auto!’

***

Evenals zijn metgezellen had Lasso zijn gezicht met groen-zwarte camouflagestrepen onherkenbaar gemaakt. Gehurkt in het struikgewas tuurde hij met tot spleetjes geknepen ogen door de bladeren naar het gezelschap tussen de varens. Die grote moest hij hebben, die blonde was zijn bitch, de andere twee waren bijvangst. Zonder zijn blik van zijn prooi af te nemen gleed zijn hand over zijn pistoolmitrailleur en schoof de veiligheidspal op Fire.

Tussen Abel en Angela was opnieuw een verschil van inzicht ontstaan. Wellicht dat hierdoor niemand in de gaten had dat ze op nog geen dertig meter afstand werden bespied door een viertal in camouflagekleding gestoken huurlingen die het op het punt stonden zich op hen te storten.

'Ik vind ook dat we moeten wachten,' zei Angela.

'Hoezo?' zei Abel. 'Waarom zouden we w...'

'Stil!' fluisterde Kimberley opeens. 'Er is iets...'

'Wat dan?' schrok Angela.

'Ik weet niet...' zei ze gespannen. 'Het is vreemd. Negativiteit... Ik...'

Plotseling stootte Plato een trommelvlies scheurend gebalk uit en steigerde wild met zijn poten trappend omhoog. Abel kreeg trap met een hoef tegen zijn hoofd en sloeg achterover. Meteen braken er vier mannen met zwartgemaakte gezichten uit de struiken die schietend op hen af stormden. Sjeng liet zich opzij vallen, rukte zijn pistool tevoorschijn en vuurde een serie snelle schoten af. Twee overvallers sloegen tegen de grond.

Angela richtte haar hagelpistool op de derde, haar vinger kromde zich om de trekker. Ze wilde schieten, maar ze aarzelde. Ze sloot haar ogen, probeerde uit alle macht te schieten, maar haar vinger bleef als verlamd rusten op de trekker.

Satanisch grijnzend richtte Aleksi zijn machinepistool op haar. Sjeng nam een duik naar Angela, rolde met haar over de grond en schoot in dezelfde beweging op Aleksi.

Nog duizelig van de trap tegen zijn hoofd kwam Abel overeind en zag hoe Lasso zijn pistoolmitrailleur richtte op Sjeng, die op de grond lag. Hij greep Lasso's arm en rukte die omlaag. Een kogelregen deed een wolk aarde en stenen omhoog spatten. Lasso draaide zich om, stompte Abel in zijn gezicht en leegde zijn Uzi op Sjeng. Zijn mitrailleursalvo ratelde door de takken, flinters groene blaadjes wolkten omhoog.

Sjeng smeet zijn lege pistool naar Lasso's hoofd, rolde naar de mannen die levenloos tussen de varens lagen en greep Aleksi's

Uzi. Maar voordat hij kon schieten rukte Lasso Abel naar zich toe, trok hem als een menselijk schild tegen zijn borst en liep achteruit.

Plato sprong naar voren en trapte Lasso in zijn rug. Vloekend van pijn struikelde de in camouflagekleding gestoken brandkast en Abel rukte zich met een woeste schreeuw los. Lasso rolde over de grond, sprong overeind en rende het bos in met Plato wild balkend achter zich aan.

***

Hijgend liet Angela haar hoofd rusten tegen de stam van een boom. Ze sloeg haar handen voor haar gezicht en wreef in haar ogen. 'Ooo mijn god...' kreunde ze. 'Ooo mijn god! Waar zijn we in hemelsnaam in terecht gekomen! Dit is de hel!'

Abel sloeg zijn arm om haar heen en masseerde haar schouders. Hij wilde van alles zeggen, maar kwam niet veel verder dan enkele amechtige bromgeluiden.

Kimberley sloeg haar armen om Sjeng. 'Sjengieieie...' piepte ze angstig.

Hij streelde haar blonde haar. 'Rustig maar wijffie...'

'Ik sta helemaal te shaken...'

'Ik ook,' kreunde Angela. 'Ik loop helemaal te hyperventileren! Laten we maken dat we hier weg komen!'

Abel keek om zich heen. 'Waar is Plato?'

'Die vindt ons wel weer,' zei Angela. 'Kom, eerst hier weg!'

Er schoof een wolk voor de maan en onder dekking van de duisternis renden ze in een roekeloze vaart de heuvel af. Bij het karrenspoor langs het klooster bleven ze hijgend staan in de schaduwen van de bosrand.

Verderop verlichtte vaal maanlicht tussen wolkenflarden het pad naar het dorp.

Het was een doodnormaal pad, hobbelig en vol kuilen, maar het kwam Angela voor als een stairway to heaven, even onbereikbaar.

Een tijdje bleven ze onder de bomen staan en keken naar het lugubere gebouw met de hoge muren en de ongenaakbare vierkante torens.

Angela verzamelde al haar moed en haalde diep adem. 'We gaan het doen,' zei ze vastbesloten. 'Iedereen klaar?'

Sjeng hing Aleksi's Uzi om zijn nek en sloeg zijn arm om Kimberley. 'Ik trek je d'r door, wijffie,' fluisterde hij. 'Komt goed.'

'Ik tel tot drie en dan nemen we een run,' zei Angela. 'We sprinten full speed langs de muur, de poort voorbij en dan oversteken naar het pad. Oké?'

Sjeng en Abel gromden instemmend.

'Eén... twee... drie!'

Ze renden de duisternis in.

Hoofdstuk 34

Sargon leunde achterover in zijn bureaustoel. Zoals hij daar zat, met zijn dikke lijf, zijn bleke, kwabbige gezicht met de glanzende bolle ogen en de brede mond, leek hij op een reusachtige melkwitte kikker, of eigenlijk meer een reusachtige melkwitte pad. Vanachter zijn lege bureau nam hij zijn bezoeker op.

Lasso staarde hem van onder zijn wenkbrauwen aan met de blik van een roofdier.

Sargon gaf een vragende ruk met zijn hoofd ten teken dat hij uitleg wenste.

'Het is niet gelukt,' zei Lasso.

Sargon kneep zijn ogen tot spleetjes.

'Die motor-aap begon als een gek om zich heen te schieten en weg was hij.' Lasso vertelde niet dat hij zich onder Sjengs mitrailleursalvo's tactisch had teruggetrokken. Ofschoon Sargon niet slecht betaalde, voelde hij er weinig voor om als schietschijf te dienen. Er waren tenslotte grenzen.

'Had je geen body's?'

'Allebei uitgeschakeld.'

In een poging zijn geduld te bewaren sloot Sargon zijn half geloken paddenogen en ademde door zijn neus. Een tijdje bleef hij zo zitten. Toen hij gekalmeerd was, zei hij met nog altijd gesloten ogen: 'Ik. Wil. Die. Motor-aap.'

Hij opende zijn ogen. 'Zoek nieuwe Joego's!'

'Bosniërs,' kon Lasso niet nalaten te corrigeren terwijl hij naar de deur liep.

Met woedende passen beende Lasso door de kloostergang. De stappen van zijn leren laarzen weergalmden hol tegen de stenen muren. Half binnensmonds uitte hij een stroom Bosnische verwensingen die, indien uitgevoerd, een aanzienlijke verwijding van het rectum van zijn werkgever tot gevolg zouden hebben.

Bij de sobere kloostercel die zijn onderkomen was opende hij de deur en ging achter het bureautje zitten. 'Eens kijken of er nog wat vrije jongens rondlopen die zin hebben in een klusje.' Hij klapte zijn laptop open en klikte op het icoontje van the dark web.

Terwijl hij door de profielen van een aantal kanshebbers scrolde, werd er op de deur geklopt. Hij klapte zijn laptop dicht. 'Ja?'

Kaiser kwam binnen, zijn arm in een witte mitella. 'Wat een zootje daarnet.'

Lasso knikte kort. 'Wat moet je?'

'Ik vroeg me af hoe je dit gaat oplossen.'

Lasso haalde ongeïnteresseerd zijn schouders op. 'Niet.'

Kaiser fronste. 'Wat bedoel je?'

'Die lui zijn ervandoor. Probleem opgelost. Alles klaar. Die bolle kan weer lekker met z'n dikke reet in z'n wijnbad gaan liggen.'

Kaiser verstrakte. 'Die jezusfiguur is een contact van een snuffelaar van de politie. En Schellekens heeft mij ook gezien. Die twee weten nu dat ik hier ben. Dus je kan erop wachten dat je hier gelazer krijgt. Maar jij gaat geen actie ondernemen?'

'Nee. In m'n eentje tegen een motorbende, daar pas ik even voor.'

'Dan ben ik weg.' Kaiser liep naar de deur. 'Prettige wedstrijd.'

Op dat moment begon het alarm te janken. Lasso sprong op, greep een reservemagazijn uit de la en beende vloekend de gang op met Kaiser in zijn kielzog. Bij monitors in de hal bleef hij staan en bekeek de infraroodcamera die de toegangspoort bewaakte. Niets te zien. Al bijna wilde hij overschakelen naar de volgende camera toen hij in de bosrand iets zag bewegen. Hij stelde scherp en ontwaarde tussen de bomen een stel schimmige figuren.

Lasso slaakte een gemene Bosnische krachtterm. Hij klikte het magazijn in de houder en liep naar de poort. Kaiser volgde hem. Maar toen Lasso de zware deur voorzichtig op een kier duwde, schoof Kaiser langs hem heen naar buiten.

Lasso greep hem in zijn kraag. 'Hier blijven!'

Opeens floepten met een droge plof de automatische buitenspots aan en zetten de poort in een fel wit licht. Lasso zag vier rennende gestalten op zich af komen. Verblind door het licht vuurde hij een salvo af. Sjeng dook naar de grond en sproeide in zijn val Aleksi's Uzi leeg op de poort. Lasso en Kaiser sloegen dubbel en gleden langs de deur naar beneden.

'Go go go!' brulde Sjeng.

Ze renden naar het pad, Angela voorop. 'Niet stoppen!' schreeuwde ze achterom. 'Dóórlopen!'

Pas nadat het pad een aantal bochten had gemaakt en ze uit het zicht van het klooster waren, vertraagde ze haar pas tot ze stilstond. Hijgend zochten ze steun bij elkaar.

'Allejezus,' hijgde Abel buiten adem. 'Poekie! We hebben het 'm geflikt!'

'Yesss,' zuchtte Angela en zoog haar longen vol nachtlucht. 'De weg naar het dorp... Eindelijk terug naar de gewone wereld...'

Hoofdstuk 35

Achter elkaar liepen Angela, Sjeng, Kimberley en Abel door het bos. De maan, die eerst nog af en toe een vaag licht op het pad had geworpen, was achter een wolk geschoven en nu zochten ze hun weg in het donker. Afgezien van de losse grond en het steenslag die knerpten onder hun voeten, en de verre kreet van een beest, was het doodstil in het bos. Soms werden ze vanuit de struiken gadegeslagen door dierenogen die glinsterden als lampjes en daarna weer even snel verdwenen als ze waren gekomen. Aan de zijkanten van het pad doemden grillig gevormde rotsblokken op die Kimberley deden denken aan de angstaanjagende monsters uit haar jeugd waar ze 's nachts nog steeds wel eens slapeloze nachten van had.

Bij een opening in het struikgewas bleef Abel staan. 'Hier loopt een pad.'

'We moeten rechtdoor,' zei Angela. 'Volgens die herder ligt daar het dorp.'

'Is ook wel zo, maar dat boerderijtje van Kaiser lag een stuk verder naar het zuiden en daar staat de camper toch?'

'Ja.'

'Nou, als we hier ingaan snijden we dat hele stuk af.'

'Hoe weet je dat nou!?'

Abel grijnsde. 'Postduiveninstinct.'

'Ken jij het hier dan?'

'Nee, maar dit pad loopt hier niet voor niks. Als we dit nemen komen we uit bij de auto. Anders moeten we eerst helemaal naar de weg en vandaar weer tien kilometer terug om bij dat huisje te komen. Dat is zeker twee keer zo lang.'

'Goed idee,' zei Sjeng. 'Als er nog een stel van die gasten achter ons aankomen, lopen ze dit zijpaadje geheid voorbij. Ik zeg doen.'

'Nou ja.' Vermoeid haalde Angela haar schouders op. 'Als jullie dat zo zeker weten…'

'Honderd procent,' zei Abel vastbesloten. Hij duwde de struiken opzij en liep het pad op. 'Follow the leader!'

***

Het zijpad was smal en moeilijk begaanbaar. In het donker schramden ze hun benen aan stekelige struiken.

Na een kilometer begon het te stijgen, wat volgens Abel een goed teken was omdat Kaisers boerderijtje achter deze heuvel lag. 'Nog een klein stukje,' verzekerde hij. 'Dan zijn we er.'

Met de moed der wanhoop worstelden ze zich door het donker.

Opeens sprong Kimberley met een gil achteruit. 'Auauauau!'

'Wat is er!' riep Sjeng.

'M'n oog!' huilde ze in paniek. 'Ik zie niks meer!'

Angela trok een scherp gepunte tak opzij. 'Er is een boom over het pad gevallen. Laat 'ns kijken?' Ze inspecteerde Kimberleys gezicht. 'Verdorie! Dat scheelde maar een haar. Die tak heeft je vlak langs je oog geschramd! Doet 't pijn?'

Kimberley wreef over haar ogen en schudde vertwijfeld haar hoofd. 'Laten we in godsnaam doorgaan,' snikte ze. 'Des te eerder zijn we bij de auto.'

Een tijd lang zwoegden ze door in zuidelijke richting. Af en toe leek het pad dood te lopen in woekerende braamstruiken, maar steeds vonden ze weer een vervolg. Bij een bocht stootte Sjeng zijn been tegen een rotsblok. Met een reeks donderende godvers bleef hij staan en masseerde zijn pijnlijke scheenbeen. Toen hij weer opkeek zag hij nog net de schaduwen van Abel en Angela om een bocht verdwijnen.

'Hé!' riep hij. 'Wacht!' Hij draaide zich om. 'Kom, Kimmie.'

Maar waar Kimberley had gestaan, was niets meer. Kimberley was verdwenen in de nacht.

***

Wég moest ze. Weg van de angstaanjagende beelden in haar hoofd. Ze had zich omgedraaid en was teruggelopen. In het aardedonker liep ze het pad af als in een droom. Weg. Waarnaartoe? Maakt niet uit. Desnoods naar de Zwartheid. Of naar het niets. Maar ik moet rust in m'n hoofd hebben. Geen angst meer, geen pijn. Ik wil rust. Alleen maar rust.

Steeds sneller liep ze naar beneden, onhandig glijdend en struikelend alsof ze dronken was. Plotseling klonk naast haar een schrille kreet. De struiken spleten open en een groot zwart monster barstte uit de bladeren. Met een schreeuw van angst gleed ze uit en viel achterover. Het beest rende vlak langs haar en verdween vervaarlijk knorrend tussen de bomen.

Snikkend van ellende rolde ze zich op in de foetushouding en drukte zich tegen de grond alsof ze in de aarde wilde verdwijnen.

'Kimmieieie!' Sjeng kwam aanrennen, Abel en Angela in zijn kielzog. Hij pakte haar bij de schouders. 'Wijffie, wat is er? Heb je pijn?'

Ze reageerde niet, een trillend hoopje ellende.

'Kom.' Sjeng probeerde haar overeind te helpen, maar ze

bleef op de grond zitten, haar handen voor haar gezicht.

'Ik wil niet meer, Sjengie...' snikte ze. 'Laat mij maar. Ik word hypersensitief, ik krijg zoveel negativiteit binnen, ik kan het niet meer verwerken allemaal.'

Angela ging naast haar zitten, sloeg een arm om haar heen en legde haar hoofd tegen dat van Kimberley. Ze sprak niet, maar streelde Kimberleys haar, maakte zachte geluidjes en probeerde via een soort geestelijke osmose haar vriendschap en liefde in Kimberleys hoofd te laten vloeien. Ze had geen idee hoe zoiets moest, maar ze deed het en ze leek het te kunnen, want Kimberley vlijde zich in Angela's armen en nestelde zich tegen haar borst.

Intuïtief leken Sjeng en Abel te voelen dat hier iets bijzonders aan het gebeuren was waar ze zich maar beter niet mee konden bemoeien. Zwijgend keken ze naar de twee vrouwen in elkaars armen op de grond.

'Dank je, Angie,' fluisterde Kimberley zacht snikkend. 'Ik wil zo graag normaal zijn. Ik voel zo veel, ik zie zo veel. En dat wil ik niet! Ik wil normaal zijn!'

Angela maakte zacht sussende geluidjes. Na een tijdje verstilden Kimberleys snikken, haar schouders beefden minder en onder Angela's strelende vingers ontspanden de spieren in haar hals.

Ze streelde Kimberleys wang en bracht haar lippen bij haar oor. 'We zijn er bijna,' fluisterde ze. 'Nog maar een klein stukje. Echt... Hou nog heel even vol...' Ze voelde dat er bij Kimberley een sprankje hoop aan het terugkeren was en masseerde zachtjes haar schouders. 'We gaan het redden, lieverd. Straks komt de zon weer op. Dan zijn we bij de auto en gaan we heerlijk naar huis.'

***

De duisternis werd minder dicht en door de stammen van de bomen gloorde een roze gloed die het begin van een nieuwe dag aankondigde.

'Eindelijk!' zei Abel. 'Het einde van de nacht! Nu kan het nooit ver meer zijn.'

'Kunnen we heel even stoppen?' hijgde Kimberley. 'Ik ben kapot...'

'O, schatje toch,' zei Angela. 'Natuurlijk! Kom, even zitten.'

Kreunend lieten ze hun vermoeide lichamen in het gras zakken.

Een tijdje zaten ze bij te komen, toen legde Angela haar hand op Sjengs schouder. Verbaasd keek hij op.

Ze glimlachte. 'Ik ben bang dat je minimaal twee keer ons leven hebt gered. Dankjewel.'

Hij grijnsde breed en haalde zijn schouders op. 'Mwoah, het ging vanzelf.'

'Ik heb wel 'ns tegen je zitten mopperen over geweld en zo. Maar hier kwam het toch wel heel goed van pas, dat moet ik toegeven.'

'Maakt niet uit, wijffie.'

'Maar ik blijf wel zitten met een paar vragen.'

'Je vraagt maar een eind weg.'

'Die vent met dat pistool daar bij die brug, die zei dat de monnik jou wou zien en dat dat maar goed was omdat hij jou het liefst zou neerschieten. Die kent jou dus.'

Sjeng strekte zijn benen en maakte het zich gemakkelijk. 'Geen idee.'

'Maar jij kent hem niet?'

'Nee.'

'Waarom zei hij dat dan?'

'Weet ik veel.'

‘Maar die monnik,’ hield Angela aan, ‘die kent jou ook. En nogal goed, want hij wou je zien.’

‘Heel veel mensen kennen mij.’

‘Maar jij kent die monnik dus niet?’

Hij grijnsde. ‘Er zitten weinig monniken onder mijn vrienden.’

Opeens ontplofte Angela. ‘Zit niet zo stom te lachen! Je hebt ons allemaal in levensgevaar gebracht! Inclusief je eigen vrouw! Kijk nou ’ns hoe ze eraan toe is! We zijn op een haar na doodgeschoten door kerels die op zoek waren naar jou! En nou wou jij hier een beetje stom gaan zitten grijnzen? Je moest je kapot schamen! Vertel op! Zeg nou eindelijk ’ns een keer de waarheid! Waar ben jij mee bezig!?’

Sjeng keek haar onbewogen aan. Toen schudde hij langzaam zijn hoofd. ‘Ik weet niet waar je het over hebt, wijffie…’

‘Ahhh...’ Kimberley sloot haar ogen. ‘Sjeng!’ prevelde ze. Er lag een intense droefheid in dat ene woord. ‘Sjeng…’ Ze voelde tranen over haar wangen lopen. ‘Waarom doe je zo? Waarom zeg je dit?’ Ze wreef haar gezicht droog. ‘Waarom ben je zo? Waarom hou je zoveel voor me verborgen? Angela heeft gelijk, daar heb je ons allemaal mee in gevaar gebracht. Ik heb dat niet gezien, want voor mij was je altijd die grote warme beer waar ik lekker tegenaan kon kruipen, waar ik me veilig voelde. Ik hou van je, Sjeng. Maar ik weet ook dat er een ruimte in je ziel is waar je me niet toelaat. Die deur zit dicht en ik heb geen idee wat daarachter zit. Waarom? Waarom doe je dat?’

Sjeng sloeg zijn arm om haar heen en trok haar tegen zich aan. ‘Kom op nou, wijffie. Hoe lang kennen we mekaar nou al. Niks aan de hand toch? Kom.’ Hij stond op en masseerde zachtjes haar schouders. ‘Laten we nou geen ruzie maken.’ Voorzichtig trok hij haar omhoog. ‘Laten we gaan. Nog een klein stukkie, dan zijn we thuis.’

Hoofdstuk 36

Achter elkaar aan ploeterden ze tussen lage struiken door de helling op. Het pad verbreedde zich en plotseling braken ze uit het bos en stonden in het volle zonlicht op de heuvelrand. Onder hen lag Kaisers boerderijtje. In de verte naast het beekje stond het oranje campertje te stralen. Duizend violen gingen spelen, alle vogels begonnen tegelijk te zingen. Abel slikte en voelde zijn ogen vochtig worden.

'Jezus…' zei Angela. 'Ik moet gewoon janken, weet je dat?'

Abel sloeg zijn arm om haar heen en trok haar tegen zich aan. 'Ik ook, Poekie. Ik ook... Ik kan het bijna niet geloven. Het is zo onwerkelijk allemaal... Zoals ons campertje daar staat... Het is net alsof wij daar gewoon met z'n tweetjes lekker zitten te kamperen, bij een beekje. Ongelofelijk…'

'Kom.' Angela maakte zich los. 'Ik wil naar huis.'

'Mijn hemel,' verzuchtte Kimberley terwijl ze naar beneden liepen. 'Ik kan je niet zeggen hoe blij ik ben, Sjengie...'

Sjeng bromde wat onverstaanbare geluiden en legde zijn arm om haar schouders.

Bij de auto viste Angela de sleutels uit haar rugzak. 'We gaan!' riep ze naar Sjeng die met een broeierige blik om het wrak van zijn Harley liep.

Ineens stak er een vrolijk grijs ezelhoofd uit de struiken.

'Plato!' juichte Kimberley. 'Je hebt ons gevonden!'

'Yeeey!' Abel rende naar de ezel, sloeg zijn armen om zijn

hals en knuffelde hem waar hij maar kon. 'Plato! Grote held! Redder in nood! Je bent er weer!'

Alle vier stonden ze om de ezel heen en streelden zijn vacht, zelfs Sjeng klopte hem respectvol op zijn flanken en bromde complimentjes.

'Maar hoe doen we dat met hem?' vroeg Angela toen de verrassing was geluwd.

'Hij gaat mee,' zei Abel vastbesloten.

'Maar we krijgen hem nooit in het busje!'

'Zeker weten,' zei Abel. Hij deed de schuifdeur open, greep een schep en stak die achter het aanrechtje.

'Aab!' riep Angela. 'Wat doe je?!'

Met luid gekraak brak Abel de complete keuken uit de camper. Hij smeet de schep opzij en trok keukentje en aanrecht naar buiten. 'Zo.' Hij maakte een sierlijke reverence voor de ezel. 'Plato, grote held, mag ik je uitnodigen voor een rit in ons rijdend paleis? We nemen je mee naar je nieuwe woonplek, waar we allemaal héél goed voor je gaan zorgen.'

Na enig duw- en trekwerk schoof Abel de schuifdeur dicht achter de staart van de ezel, startte de motor en stuurde het Volkswagenbusje trefzeker over het boomstambruggetje het pad op naar de bewoonde wereld; Sjeng met zijn grote lijf voorin, de twee vrouwen samen met Plato achterin.

***

Halverwege de middag draaide Abel het campertje de oprijlaan met de Toscaanse cipressen in. Ze reden de heuvel op met aan weerszijden hun wijngaarden. In de verte verscheen hun liefdesdomein, de Mas des Anges.

'Wat heerlijk...' verzuchtte Angela. 'Eindelijk thuis.'

Abel stuurde onder de poort door de binnenplaats op en parkeerde naast de waterput onder de plataan.

Ze stapten uit. Terwijl Sjeng en Kimberley samen Plato uit het busje leidden, stonden Abel en Angela met de armen om elkaar en keken naar hun wijndomein. Achter hen klonk het geluid van Plato's hoefjes over de keitjes van de binnenplaats.

'O, Aab,' fluisterde Angela schor. 'Wat is het hier toch mooi... Kijk daar, de sinaasappelboomgaard en die ouwe olijfbomen... Zo stil en zo rustig. Alles is hier zo mooi. En vredig en zacht en heerlijk. Die lavendel, met al die vlinders en bijtjes...'

Abel wees op de smeedijzeren pergola begroeid met druivenranken. 'Daar zitten we morgen onder. Lekker aan de koffie met een warm croissantje. Heerlijk vooruitzicht hè? Dit is echt ons paradijsje, Poekie. Hoe hebben we dit ooit kunnen verlaten? Echt, hier gaan we nooit meer weg, dit is ons veilige liefdesnestje.'

***

Die avond zaten Angela, Abel, Kimberley en Sjeng gedoucht en in schone klere, ruim vóór de standaard Franse etenstijd aan de buitentafel onder de pergola. Angela roerde in een dampende pan en Kimberley sneed op een dikke versleten broodplank een opgepiept stokbrood in stukken.

'Allemachtig,' zei Abel terwijl hij een fles eigen wijn ontkurkte. 'Wat kan een mens dáár trek in hebben!'

Sjeng wipte met de achterkant van zijn lepel de kroonkurk van een flesje Kronenbourg en hief het omhoog. 'Proost! Op het leven!'

Boven de tafel tikten drie glazen wijn en een flesje bier tegen elkaar. Maar in plaats van te drinken bracht Abel zijn glas naar zijn neus, sloot zijn ogen en snoof secondenlang in opperste concentratie het aroma op. 'Mén,' verzuchtte hij. 'Wat heb ik dát gemist... Rode wijn... Godendrank des levens...'

Glimlachend hield Angela een gevulde pollepel omhoog. 'Wie wil er wat bonenstoof met couscous?'

Sjeng hield zijn bord bij. 'Kom maar door! Ik zou wel een hele beer op kunnen!'

Geruime tijd klonk alleen het getik van bestek tegen de borden en hier en daar wat genietend gekreun.

Plotseling liet Sjeng zijn vork zakken, richtte zich op en keek Angela zonder iets te zeggen recht in de ogen. Iedereen stopte met eten. Toen vestigde Sjeng, nog altijd zwijgend, zijn blik op Abel. Vervolgens keek hij opzij naar Kimberley en zijn boeventronie leek zich iets te verzachten. Al die tijd zei niemand iets.

Sjeng ging rechtop zitten, haalde diep adem door zijn neus en zei: 'Ik ben een lul.'

Deze spontane zelfanalyse werd door niemand bestreden. Afwachtend keken de drie naar de motorbendeleider, die zijn tafelgenoten met een vervaarlijke frons opnam, maar er verder het zwijgen toe deed. Toen hij met een grom zijn lepel oppakte en zijn maaltijd zonder verdere toelichting wilde vervolgen, greep Angela in. 'Wat bedoel je precies, Sjeng? Kun je een tipje van deze sluier oplichten?'

Sjeng speelde zwijgend een stukje brood en leek na te denken. Toen zei hij op verongelijkte toon: 'Ik had het moeten zeggen.'

Afwachtend keek iedereen hem aan.

'Ja?' moedigde Angela hem aan. 'Ga door?'

'Ik had het moeten zeggen, maar ik wist verdomme niet dat die klootzak daar zat!'

'Welke klootzak bedoel je?' vroeg Angela.

'Die mafklapper! Die monnik!'

'Dus je kende hem?'

Sjeng zuchtte, boog voorover en leunde met zijn brede onderarmen op tafel. 'Ja. Ik heb die gek een jaar geleden leren kennen in een club in Breda. Daar was hij met een stel mooie meiden en body's. Sargon. Ze noemden hem de Moneymonk. Een patser, maar flink gevuld. Dat zag je aan alles. Hij had van mij gehoord en wou bisnis doen. Nou dat kon. We begonnen met kleine beetjes. Kilootje, twee kilootjes. Hij was soms een beetje raar, maar ja, wie niet, in deze bisnis…' Sjeng keek even naar Abel, maar die reageerde niet en hij vervolgde: 'De deals werden steeds groter. Echt big shit. En hij betaalde goed, dus ja... Toen werd ik gewaarschuwd. Die monnik zou linke soep zijn. Mexicaanse toestanden; mensen ophangen aan een brugleuning, dat soort shit. Daar heb ik geen trek in, dus ik kapte met hem.' Sjeng greep zijn flesje bier en nam een lange slok.

'En toen?' vroeg Abel.

'Toen zei hij dat ik hem geript zou hebben. Gelul natuurlijk.'

'Je hebt mij anders ook geript.'

'Jij had mij niet betaald. Dus wie heeft nou wie geript?' Sjeng zette zijn lege bierflesje met een klap op tafel.

'Maar hoe liep dat dan af?' wilde Angela weten.

Sjeng grijnsde. 'Ik zei dat hij de klere kon krijgen. Maar toen wou die gek opeens tweeënhalf miljoen van me hebben. Volgens hem had hij dat van mij tegoed. Ik zei, je kan de boom in! In geen tweeënhalf miljoen jaar! Bekijk het effe lekker!'

'Maar Sjengie,' zei Kimberley, 'Waarom heb je dat nooit verteld?'

Verbaasd keek hij op. 'Ik vertel jou toch nooit wat over mijn bisnis? Jij hebt je eigen dingetjes. Nou, ik ook.' Hij sloeg zijn arm om haar heen. 'Dat is toch niks voor jou, wijffie. Jij bent van de zachte dieren en de poezenplaatjes, daar heb ik dan weer niks mee. Maar we kunnen het toch prima met mekaar vinden? Ik ben hartstikke gek op je. Nog steeds!'

Kimberley streelde zijn hand. 'Maar toen we daar in de bergen liepen, dat was echt gevaarlijk. Mannen met pistolen en die horrortocht door dat verschrikkelijke bos.'

Sjeng maakte een breed gebaar dat onschuld moest uitdrukken. 'Ik wist helemaal nooit dat die maffe monnik daar zat!' riep hij verontwaardigd. 'Die lange en ik gingen naar Kaiser, maar die werd opeens gek! Begon ons dood te rijden! Weet ik veel waarom!'

'Dus jij blijft volhouden dat je Kaiser niet wou omleggen?' vroeg Abel ongelovig.

'Ja, man! Dat heb ik nou al duizend keer gezegd: ik kon Kaiser juist goed gebruiken. Hij kon bewijzen dat mijn bisnis legaal is.'

De rest van de avond ging op aan verhitte verhalen waarin zij elkaar hun interpretatie van de avonturen van de afgelopen dagen vertelden.

Nog voordat de zon goed en wel was ondergegaan, gingen ze moe, rozig en nog altijd opgewonden naar bed.

Hoofdstuk 37

De volgende ochtend sliepen Abel en Angela een gat in de dag. Toen ze beneden kwamen stond de zon al te stralen in een strakblauwe hemel.

'Waar is Plato?' vroeg Angela terwijl ze een blik croissantjes in de oven schoof.

'Ik heb 'm gisteravond zolang in het weitje bij de sinaasappels gezet,' zei Abel. 'Maar dat is niet zo gezellig voor hem. Dus ik dacht om in de schuur een groot hok voor hem te timmeren. Dan laten we de deur open en kan hij hier lekker over de binnenplaats scharrelen.'

'Dat zou heel leuk zijn, alleen poept hij dan wel de hele boel onder. Als we straks weer gasten krijgen, liggen overal ezeldrollen. Niet echt lekker bij het ontbijt.'

'Dan veeg ik die wel op.'

'Echt?'

'Zeker, desnoods loop ik met een zakkie achter hem aan, het is toch een fantastisch beest? Hij heeft ons leven gered. Ik weet zeker dat de gasten het helemaal te gek vinden als hier zo'n gezellige ezel rond loopt te scharrelen. En af en toe zo'n drolletje, ach, dat is landelijk. Het boerderijleven, weetjewel...'

***

Het was twaalf uur 's middags, het heetst van de dag, en Abel stond op de binnenplaats in de zon een plank doormidden te zagen.

'Hé lange!' klonk het achter hem

Met een bezweet gezicht keek hij op. 'Ja?'

Sjeng wees naar een grote stenen plantenbak. 'Je ezel staat je bloemetjes op te vreten.'

Abel draaide zich om. Plato had een pol geraniums uit de bak getrokken en stond daar smakelijk op te kauwen. Abel schoot in de lach. 'Ai ai ai, Platootje! Ben ik helemaal vergeten jou eten te geven! Excusez moi!'

'Zeg,' zei Sjeng.

'Ja?'

'Loop even mee.' Hij zette koers naar de tuin. Verbaasd volgde Abel hem. 'Ja?'

'Even een dingetje,' zei Sjeng onder het gaan.

'Ja?'

'Jij bent blij dat je weer thuis bent...'

'Zeker weten! Ik hoef hier niet meer weg.'

Sjeng grijnsde flauwtjes. 'Snap ik.'

Ze sloegen het pad naar de wijngaard in. 'Jij denkt dat jullie hier veilig zijn,' zei Sjeng.

'Helemaal.'

'Dat is niet zo.'

'O? Hoezo niet dan?'

'Sargon.'

'Ja?'

'Die komt je opzoeken.'

'Hè? Hij kent mij helemaal niet!'

Sjeng snoof minachtend. 'En gij geleuft dat. Man, hij weet allang wie jij bent en wat je doet en waar je woont. Iedereen weet dat jullie hier een B&B hebben. Vroeg of laat staan ze hier voor je neus en waarschijnlijk eerder dan jij denkt. Dan komen ze even afrekenen.'

Abel masseerde zijn gezicht. 'Fucking hell...'

'Precies.'

Zwijgend liepen ze naast elkaar door de wijngaard. De zon glansde op de druiventrossen, krekels tjirpten, vlinders fladderden en bijen zoemden, maar Abel had er allemaal geen oog voor. Somber staarde hij voor zich uit, zijn gedachten waren bij een eerder incident met een drugsdealer, een jaar geleden. Dat was geëscaleerd in een explosieve schietpartij waarbij zijn geliefde wijndomein op een haar na in vlammen was opgegaan. 'Fucking hell...' herhaalde hij fluisterend.

Om te bekomen van de schrik waren Abel en Sjeng gaan zitten op een platte steen langs de wijngaard. Abel zat met zijn hoofd voorover, zijn lange haar als een waterval langs zijn gezicht, en tekende met een wijntwijg nietszeggende figuren in het zand. Sjeng had zijn mes uit zijn laars getrokken en maakte onderuitgezakt zijn nagels schoon. 'Dit gaat niet makkelijk worden, lange.'

'Fijn dat je het nog even inwrijft.'

Sjeng grijnsde. 'Maar je hebt één voordeel.'

'O?'

'Je zit hier hartstikke afgelegen. Je kan hier een kanon afschieten zonder iemand in de wijde omtrek het merkt.'

Nog steeds voorovergebogen produceerde Abel een moedeloos gekreun.

'Zo is het,' beaamde Sjeng. 'Dus wat gaan we doen?'

'Zeg het maar.'

'We gaan ons voorbereiden. En niet zo'n beetje ook.'

Hoofdstuk 38

Tante Frédérique was zevenennegentig jaar. Haar gezicht had duizend kleine rimpeltjes en ze mat ongeveer een meter vijftig, waardoor ze tot net tot Abels navel reikte.

'Fifi, mag ik je even voorstellen?' zei Abel. 'Dit is mijn vriend Sjeng, uit Nederland. En Sjeng, dit is Fifi, de liefste buurvrouw ter wereld.'

Sjeng nam het knokige handje dat Fifi ferm had uitgestoken in zijn grote berenklauw, schudde die voorzichtig en gromde iets dat als een begroeting moest klinken.

'Sjeng hier had gehoord van uw wapenverzameling,' zei Abel. 'En hij is zelf ook een liefhebber, dus...'

'O ja? Nou, kom maar mee, hoor!' Haar stem was hoog en snerpend als nagels over een schoolbord. 'Allez!' Ze draaide zich om en liep de gang van haar boerderij door. In haar blauw geruite keukenschort en afgetrapte roze pantoffels schuifelde ze voor haar bezoekers uit, waarbij ze een verrassende snelheid ontwikkelde.

De muur van de woonkamer werd integraal in beslag genomen door een reusachtige vitrinekast die flonkerde van de medailles en prijsbekers. Onder de indruk bekeek Sjeng de inhoud. 'Heeft die kleine dat allemaal bij mekaar geschoten?'

Abel vertaalde de vraag.

'Nou en of, jochie,' kraaide ze. 'Al die prijzen heb ik zelf gewonnen.' Ze lachte een kakelend lachje. 'Niet op één dag natuurlijk, maar wel in de loop der jaren. Fifi Fusil noemen ze me hier, want als het erop aankomt schiet ik ze er allemaal uit, die boeren.'

Naast het raam stond een rek met voldoende geweren om een middelgrote revolutie mee te beginnen.

Sjeng deed een stap dichterbij.

Met een benig wijsvingertje tikte Fifi tegen een zwaar vuurwapen. 'Dit is een Verney-Carron semi-automatisch, kaliber twaalf magnum, een dikke jongen. En die daarnaast, de Beretta dubbelloops, daar heb ik de meeste prijzen mee geschoten. Eens even kijken, wat hebben we nog meer, ah, de Browning superposé, en dit is een Smith & Wesson volautomaat. De berendoder wordt hij genoemd. Ook een kaliber twaalf en loepzuiver tot op tweehonderd meter.'

'Mooi spul,' grijnsde Sjeng. 'Daar kunnen we wel wat mee.' Hij wendde zich tot Abel. 'Vraag 'ns of we een paar van die dingen mogen lenen?'

Abel grinnikte. 'Dat kun je vergeten. Dat doet ze nooit van z'n leven.'

'Maar leg dan uit dat het noodgeval is. We hebben daar helemaal niks! En als die gasten komen, worden we aan gort geschoten.'

Fifi had Sjengs bedoelingen allang geraden. Met haar handen in haar zij volgden haar pientere oogjes het gesprek.

'Vraag het nou gewoon,' zei Sjeng. 'Ze moet ons even matsen.'

'Oké,' zei Abel. 'Ik zal het proberen. Hij draaide zich naar Fifi, opende zijn mond, maar voordat hij een woord had kunnen uitbrengen zei Fifi: 'Nee.'

Ze zette haar voeten nog iets wijder uit elkaar. Een minitoonbeeld van onverzettelijkheid.

‘Wat bedoel je, Fifi?’

‘Dat ik niks meegeef. Als er geschoten moet worden, dan doe ik dat. Zeg dat maar tegen die woesteling.’

***

Sjeng en Abel stonden onder de poort voor het ijzeren hek dat altijd openstond.

‘Kan dat hek op slot?’ Sjeng trok aan de grendel die er meteen uit viel. ‘Behalve met dit halfgare ding?’

‘Tja.’ Abel krabde in zijn haar. ‘Daar zouden we iets voor moeten verzinnen...’ Hij dacht even na. ‘Ik kan buurman Zwijnekop vragen? Die kan lassen.’

‘Doen,’ zei Sjeng. ‘Dichtlassen dat hek. Zijn er nog meer ingangen?’

Abel wees naar de achterkant. ‘Alleen door de wijngaard. Maar dan moet je wel over een karrenspoor.’

‘Voor hun is dat vast geen probleem. Laten we kijken.’

Ze liepen het pad op.

‘Fuck,’ zei Sjeng. ‘Van hier rij je zo de binnenplaats op!’

‘Tja, daar is dat pad ook voor.’

‘Je hebt toch een trekker?’

‘Zeker.’

‘Mooi. Dan parkeren we die hier, plus alles wat je nog meer aan boerentroep hebt, ouwe ploeg, lege olievaten, dondert niet wat, alles hier dwars over het pad. Komt er geen muis meer door. Verder geen andere toegang?’

‘Nee. Om de hele mas loopt een muur van twee meter hoog.’

***

Kimberley, Angela, Abel en Fifi stonden naast elkaar op de binnenplaats.

Sjeng stond tegenover ze en wierp een grimmige blik op zijn peloton. 'Oké, we gaan beginnen. Het zit er dik in dat die gek van een Sargon hier met een paar Joego's verhaal komt halen. Ze zullen zware wapens hebben en geloof me, het zijn gemene klootzakken. Dat hebben jullie zelf gezien. Wij zijn met z'n vieren, ik denk zij ook, maar dat kan zomaar een paar man meer zijn. Hoe dan ook, wij hebben één voordeel: wij kennen het terrein en zij niet. Dus wat we moeten doen is hinderlagen leggen. We verschuilen ons alle vier op een andere plek met goed zicht en zodra ze hun snuit laten zien knallen we ze af.'

'Wat zegt ie?' snerpte Fifi.

Met toenemende verontwaardiging vertelde Angela haar wat voor oorlogszuchtige acties Sjeng allemaal van plan was. Ze was ervan overtuigd dat het kaboutervrouwtje zich een hoedje zou schrikken en direct naar huis zou willen.

Maar Fifi luisterde aandachtig en toen Angela uitgesproken was stak ze strijdvaardig haar duim op naar Sjeng. 'Bravo, jochie! Goed plan! Ik doe mee!'

Angela stond perplex. Er kwam nog wel geen rook uit haar oren, maar ze ontplofte wel. 'Nee, Sjeng Schellekens! No way dat we dat gaan doen! Dat soort ellende doe je maar in dat zigeunerkamp van je, maar niet hier! Als die lui hier komen bellen we gewoon de politie.' Ze wierp haar hoofd in de nek en schudde haar krullen.

'Die ene veldwachter uit het dorp?' smaalde Sjeng. 'Die vreten ze op met huid en haar.'

'Dan bellen we de gendarmerie. In Bargoules zit een dépendance.'

'Die kunnen we bellen, lieverd,' zei Abel. 'Maar het kan wel even duren voordat ze hier zijn, want dat is hier vijftig kilometer vandaan. En ik geloof dat ze alleen op woensdag en op maandag open zijn.'

'Luister nou wijffie,' zei Sjeng. 'We...

'En noem me geen wijffie!' viel Angela uit.

'Oké oké, sorry, maar we zitten hier in de middle of nowhere. Niemand die ons komt helpen.'

Angela greep haar telefoon. 'Dan bel ik NU de gendarmes!'

'Ja hoor,' zei Sjeng hoofdschuddend. 'Denk je nou echt dat er een bus wouten uitrukt omdat jij denkt dat misschíén iemand jou ooit een keer lastig komt vallen?' Hij lachte honend. 'Ze zien je aankomen...'

'Zullen we even gaan zitten?' suste Kimberley. Ze wees naar de pergola. 'Laten we daar een lekker kopje thee drinken en even rustig overleggen wat het beste is om te doen.'

***

Nadat iedereen zich met een glas thee van Kimberleys zelfgeplukte munt op de bank onder de pergola had genesteld, legde Sjeng zijn hand op Angela's schouder. 'Sorry Angie.'

Verbaasd keek ze op. 'Wat is er?'

'Ik zal je geen wijffie meer noemen.'

'Dank je, zeer gewaardeerd.'

'Oké,' zei Sjeng. 'Ik heb dat spul bij Fifi bekeken en daar komen we een heel eind mee. We doen het zo: Abel en ik gaan allebei met zo'n volautomatisch geweer aan een kant van de poort zitten. Die dingen hebben een magazijn van dertig kogels. Fifi wil zelf ook meedoen, dus die kan achter die boom gaan zitten, voor als ze de poort proberen open te rammen. Het zou mooi zijn als we een paar handgranaten hadden, maar...'

‘Stop.’ Rustig zette Angela haar thee neer. ‘Ik heb een ander idee.’

Verbaasd stopte Sjeng met zijn instructies. ‘Ja?’

‘Ik weiger me bang te laten maken in mijn eigen huis,’ zei Angela vastbesloten. ‘We gaan gewoon doen wat we altijd doen. We hebben een hoop ellende achter de rug en nu gaan we eerst ’ns een echte goede welkomstmaaltijd bereiden en daar gaan we met z’n allen uitgebreid van genieten.’ Ze wendde zich tot Abel. ‘Misschien heb jij hier of daar nog een flesje wijn staan?’

‘Ha! Als ik goed zoek ligt er vast nog wel ergens een eenzaam flesje wijn te wachten op verlossing. Ik vind dit heel goed klinken, Poekie. Topidee.’

‘Precies,’ zei Angela. ‘Vanavond gaan we heel lekker eten en morgen ga ik in alle rust naar Jean-Claude, we leggen de situatie uit en dan bespreken we met hem wat we verder kunnen doen.’

‘Maarre, Angie, wijffie,’ zei Sjeng. ‘Prima hoor, maar vind je ’t dan goed als ik één zo’n geweertje van Fifi meeneem?’

‘Nee,’ zei Angela vastbesloten. ‘Dat vind ik niet goed. Ik wil hier gewoon geen geschiet. Punt uit.’

‘Oké, snap ik. Maar één klein geweertje? Gewoon voor alle zekerheid? Ze heeft daar hartstikke mooi spul staan. Zoiets zou echt goed van pas komen voor als jouw plan per ongeluk misgaat.’

Hoofdstuk 39

Als een reusachtige oranje vuurbal was de zon bezig te verdwijnen achter de bergtoppen en zette het oude wijndomein in een kopergouden licht. Abel stak met lange passen de binnenplaats over, in elke hand een rijk gevulde schaal, toen Sjeng aan het stuur van het oranje campertje onder de poort door kwam scheuren.

Op een haar na miste hij de waterput en parkeerde krakend onder de plataan. 'Godver, wat een barrel!' riep hij door het geopende portierraampje. 'Dat jij kan rijden in dat ding man!' Hij stapte uit met Fifi's Smith & Wesson volautomatische berendoder in zijn geheven vuist. 'Zo! Wij zijn d'r klaar voor!'

De deur aan de andere kant zwaaide open en Fifi kwam naar buiten. Nog altijd op haar roze sloffen, alleen droeg ze nu om haar blauw gebloemde huisschort een leren riem met twee holsters waar de kolven uitstaken van twee Colt .45 revolvers. Ter begroeting stak het kleine vrouwtje een M82 Barrett scherpschuttersgeweer omhoog. 'Bonjour!' kakelde ze vrolijk. 'Hier zijn we weer!'

Zonder op te kijken groette Abel terug en placeerde met een geconcentreerde blik de twee schalen het laatste vrije plekje. Onder de druivenranken van de pergola was een soort demonstratie van hogere tafeldekkunde gaande. Manden met stokbrood, fonkelende wijnglazen, een uitgebreide kaasplank. Abel deed een stapje achteruit en monsterde trots de copieus gedekte tafel die voor deze gelegenheid zelfs was voorzien van een damasten kleed. 'Ziet er goed uit hè? Hmmm... Gegrilde pompoen, tomatensalade, groentesalade met walnoten, worteltjes. Man, het water loopt me door de bek!'

Met een gezicht alsof hij een nog warm urinaal moest leegdrinken keek Sjeng naar de uitgestalde schalen. 'Water in je bek? Hiervan? Je wijffie had het over een echte welkomstmaaltijd, geen konijnenfokkerij! In de kliko met die meuk, man! Ik dacht dat we nou eindelijk weer 'ns een keer góéd zouden gaan eten!'

***

Terug van de supermarché lieten Angela en Kimberley in de keuken de frituurpan feestelijk spetteren.

'Goh, dat is lang geleden,' zei Angela. 'Het ruikt best lekker.'

Kimberley prikte een braadworst uit het vet en stak hem omhoog. 'Dan neem je er toch een?'

Angela deinsde achteruit. 'Haha nee, dankjewel. Weet je wat daar in zit?'

Kimberley grinnikte. 'Ja. Daarom eet ik het ook niet meer. Maar Sjeng is er dol op.'

Abel en Fifi kwamen de keuken in. 'Zo!' zei Abel. 'Dat ruikt lekker! Jammer dat ik het niet lust.'

'Waar blijft Sjeng?' vroeg Kimberley.

'Sjeng zit in de schuur,' zei Abel. 'Hij heeft de eerste wacht. Ik ga nog even bij hem kijken.'

Abel ging de schuur binnen en bleef staan voor het houten schot van het nachtverblijf dat hij voor Plato had getimmerd. 'Hallo ouwe jongen.' Hij krabbelde de ezel gemoedelijk over zijn kop. 'Hoe gaat het? Heb je 't een beetje naar je zin bij ons?' Plato duwde zijn vochtige neus tegen zijn hand. 'Dat neem ik als een "ja"', lachte Abel en liep naar de trap. 'Sjeng!' riep hij terwijl hij de treden besteeg. 'Waar zit je!'

'Hiero!'

Met veel gepiep en gekraak duwde Abel de zolderdeur open. Sjeng had het zich gemakkelijk gemaakt. Met de berendoder dwars over zijn knieën zat hij in een gebloemde tuinstoel voor het raam. Op een omgekeerd druivenkratje naast hem stond een opengeschoven doos kogels.

'Prima plek,' zei hij. 'Vanaf hier heb ik de hele poort en een stuk van de weg onder schot.'

Abel keek uit het raam. 'Perfect. Heel strategisch. Wanneer zal ik je komen aflossen? Wij gaan zo eten.'

'Het is nu bijna donker. Over een uurtje of vier is prima. En vraag Kimmie of ze me een paar van die vette happen komt brengen.'

***

In de keuken was Abel bezig de wijn te ontkurken toen zijn telefoon trilde. Sjeng. Geschrokken nam hij op. 'Ja?'

'Visite.'

'Fuck! Zijn ze d'r?'

'Geen "ze".'

'Hoeveel dan?'

'Eén.'

'Eén?!'

Angela en Kimberley, die in ademloze spanning meeluisterden, keken elkaar verbaasd aan.

'Ja. Het is je vriend.'

'Mijn vriend? Waar heb je 't over!'

'Die klootzak waar jij zo dik mee bent. Hij steekt nú de

binnenplaats over. Prettige wedstrijd.' De verbinding werd verbroken. Meteen werd het kralengordijn opzijgeschoven. Op de drempel stond inspecteur Edward Bonkers van de centrale recherche Amsterdam, afdeling internationale drugscriminaliteit.

Angela deinsde achteruit. 'Bonkers?!'

De politieman antwoordde niet. Zwijgend staarde hij naar Abel die verstijfd van schrik in de keuken stond. 'Zo,' zei hij zacht. 'Hier ben je dus.'

Abel knipperde beduusd met zijn ogen. 'Ja, hai, Bonkers. Ja, nee, hallo, bonsoir. Ja, ik ben hier. Alles goed?'

Bonkers ademde door zijn neus. 'Jij zou een envelop voor me afleveren.'

'Ja, dat klopt ja.'

'Heb je dat gedaan?'

'Eh, nee, dat is niet helemaal gelukt.'

Bonkers knikte. 'Dat dacht ik al. Die brief is namelijk een week geleden bij je bezorgd en je hebt nooit meer iets van je laten horen.'

'Ja, sorry. Het zat een beetje tegen.'

Bonkers stond nog steeds in de deuropening; wijdbeens, zijn armen over elkaar, de vleesgeworden wreker. 'Wat dan? Wát zat er tegen?'

'Nou ja, het ging gewoon even niet, eh, weetjewel...'

'Nee, dat weet ik niet. Wat ik wél weet is dat jij de kluit belazert.'

Abels stem schoot uit. 'Wie? Ik?'

'Ja, jij. Zomaar uit het niets kreeg ik een appje van onze vriend Kaiser.'

'Wát!?'

'Ja. Hij zei dat jij dikke maatjes bent met Sjeng Schellekens.'

Abel spreidde zijn armen in een gebaar van onschuld. 'Nou ja, dikke maatjes...'

Bonkers liep naar hem toe en greep hem bij zijn shirt. 'Zeg op,' gromde hij. 'Waar zit die hufter!'

'Hé!' Angela greep zijn arm. 'Doe 'ns even rustig!'

Kimberley greep zijn andere arm. 'Sjengie is wijnboer geworden! We hebben hier een wijnboerderij gekocht.'

'Precies!' riep Abel. 'Sjeng wordt wijnboer!'

Buiten klonken voetstappen en Sjeng stapte de keuken in met zijn armen omhoog.

Bonkers rukte zijn pistool tevoorschijn richtte op Sjeng. 'Jij bent de lul, klootzak. Je staat onder arrest.'

Met een spottende grijns keek Sjeng hem aan. Toen schudde hij langzaam zijn hoofd. 'Nee, maat. Jíj bent de lul. Want je bent geschorst, dus je kán mij helemaal niet arresteren. En ik ben sowieso vrijgesproken.'

'Haha, nog wel, maar we hebben nieuwe getuigen. We gaan de zaak weer opengooien. Leg je blaffer op tafel. Maar heel langzaam. Geen geintjes.'

Sjeng dacht na.

Een tijdje stonden ze zo.

'Nou,' blafte Bonkers. 'Komt er nog wat van?'

'Oké...' Overdreven traag reikte Sjeng naar zijn pistool, maar plotseling dook hij opzij en stootte zijn vuist naar Bonkers kin. Bonkers sprong achteruit en richtte zijn pistool op Sjeng.

'Neeeee!' schreeuwde Abel. Hij schopte tegen de hand met het pistool. Een explosie galmde door de keuken en Sjeng sloeg bloedend tegen de grond. Kimberley gilde het uit en wierp zich op haar man. 'Sjengieieieie...'

Ziedend van woede richtte Bonkers zijn pistool op Abel. 'Nou heb ik je! Aanval op een politieofficier in functie. Ik kan je hier en nu neerschieten, dat is zelfverdediging.'

'Ik zou het niet doen,' klonk het achter hem.

Langzaam draaide Bonkers zich om en keek recht in de loop van Angela's hagelpistool.

'Jij bent niet in functie,' zei ze kalm. 'Je bent hier illegaal. En volgens mij ben je volkomen doorgedraaid. Leg dat pistool weg of ik schiet.'

Verbijsterd staarde Abel naar zijn vrouw. Die felle blik, die grimmige trek om haar mond, haar vinger wit van spanning om de trekker. Was dit zijn Angela? Zijn Poekie?

Bonkers kneep zijn ogen tot spleetjes. Deze vrouw meende het, zoveel was wel zeker. En dat malle pistool zag eruit alsof hij er volledig mee aan flinters geschoten kon worden.

Kreunend van pijn richtte Sjeng zich op. 'Niet doen, wijffie,' gromde hij tegen Angela. Hij ging rechtop zitten en klemde een hand om zijn arm. Bloed sijpelde tussen zijn vingers door. 'Jij met een gun, dat klopt niet.'

Angela reageerde niet en hield haar blik strak gevestigd op Bonkers. Haar pistool week geen millimeter. Met opeengeklemde kaken zei ze: 'Hij blijft van Abel af.'

Sjeng kwam wankelend overeind. 'Snap ik, maar dit moet jij niet doen. Dit is niks voor jou. Je bent bezig een grens over te gaan. Geloof mij nou maar,' – hij grijnsde – 'ik heb dat ook ooit gedaan en ik weet het. Als je deze grens overgaat kun je niet terug. Dan word je net als ik. Dan word je ook een soort eh... Kolonel.' Hij trok een pijnlijke grimas en kneep met zijn hand de bloedende wond in zijn bovenarm dicht. 'En dan moet je jezelf afvragen: wil ik dat? Wil je, zoals die maffe vent van je het noemt, "leven in de dark side..."'

Ze wierp hem een snelle blik toe. Even was er een spoor van twijfel, toen zette ze haar benen iets verder uit elkaar en strekte haar arm met het pistool nog verder naar Bonkers. 'Dat maakt me geen zak uit,' zei ze ijskoud. 'Hij blijft van Abel af.'

Sjeng maakte een snelle calculatie. Toen haalde hij diep adem en richtte zich tot de politie-inspecteur. 'Maat, jij en ik, wij maken een deal.'

Bonkers reageerde niet en bleef Abel onder schot houden.

'Dit is de deal,' zei Sjeng. 'Jij laat die luitjes hier met rust en ik ga met je mee. Heel relaxt, ik doe niks en ik vertel je het hele verhaal. Ik zorg dat jij straks kan shinen met een hele dikke vis. De dikste vis uit de vijver. Vergeleken met hem ben ik maar een donderpadje. En ik breng jou die dikke vis, gefileerd op een presenteerblaadje.'

Bonkers wierp Sjeng een indringende blik toe, maar hield zijn pistool gericht op Abel.

'Waar heb je 't over?'

'Sargon.'

Bonkers verstrakte. 'Serieus?'

'Heel serieus.'

'Jij gaat met me mee naar Nederland en je levert mij Sargon?'

'Absoluut.'

'Zonder problemen?'

'Makkelijk zat, want ik geef jou Sargon en jij laat mij gaan.'

Bonkers dacht maar heel even na. Toen stak hij zijn pistool weg. 'Deal.'

Hoofdstuk 40

Onder een hemel bezaaid met sterren liep Abel met twee flessen wijn naar de pergola en schoof aan tafel.

'Wie wil er een braadworst!' zei Angela. 'Niet allemaal tegelijk.' Ze hield een vork prikgereed boven een schaal knapperig bruine worsten. 'Fifi?'

'Non, merci,' kraaide de bejaarde scherpschutster. Ze klopte op Sjengs hand. 'Geef dat maar aan die kleine hier. Die moet er nog van groeien.'

Met zijn goede arm stak Sjeng zijn bord naar voren. 'Doe mij er dan maar twee, wijffie.'

Angela glimlachte. 'Alsjeblieft, gozer. Jij hebt het verdiend. Kimmie?'

Kimberley streelde het grijze hoofd van Plato die tussen haar en Abel stond. 'Nee, dank je.'

Bonkers, tegenover haar, hield zijn bord bij. 'Graag!'

Angela bediende Fifi, Kimberley, Abel en zichzelf van de pompoensalade en ging zitten. 'Bon appétit allemaal! Op de goede afloop!' Ze hieven hun glazen en proostten.

'Ja, smakelijk eten,' zei Bonkers. 'Enne, nogmaals sorry allemaal. Ik ben een beetje overwerkt. In Nederland wordt constant bezuinigd op de politie. De druk wordt steeds hoger, te weinig personeel en aan de andere kant worden we volgepropt met administratieshit. De lol is er goed af...'

'Misschien moet je dan maar overlopen naar de dark side,' grinnikte Sjeng. 'Maar goed, in elk geval kon je mij mooi nog even voor m'n flikker schieten. Toch nog een beetje actie voor je…'

Bonkers lachte niet. 'Sorry Schellekens,' zei hij en tikte zijn wijnglas tegen Sjengs flesje bier. 'Gaat het 'n beetje?'

'Nee man.' Hij trok aan het verband om zijn bovenarm. 'Ik moet in de ziektewet.'

Bonkers nam een hap en vroeg kauwend: 'En jij wordt wijnboer hier?'

'Helemaal.'

Bonkers hief zijn glas naar Abel. 'Nou, gefeliciteerd dan met je nieuwe collega, als hij uit de bajes weet te blijven.'

'Geen zorgen,' zei Sjeng. 'Ik lever jou de dikke vis en ik ben hier binnen een week weer terug.'

'Ik help het je hopen,' zei Bonkers. 'En Abel, jij ook sorry hoor, als ik je aan het schrikken heb gemaakt. Het was niet zo bedoeld. Ik was een beetje gefokt.' Hij nam een slok van zijn wijn. 'Deze rode is trouwens een stuk beter dan die ik hier vorig jaar heb gedronken. Of vergis ik me?'

'Goed geproefd!' prees Abel. 'Je moet hier maar niet te vaak meer komen, je begint verdomme nog verstand van wijn te krijgen!'

'Ik vind het wel steeds lekkerder worden,' zei Bonkers. Hij nam een slok, liet die keurend door zijn mond spoelen en slikte hem door. 'Hm... Goed spul...' Hij zette zijn lege glas op tafel. 'Is dat moeilijk? Wijnboer worden?'

'Nou,' zei Angela en schoof nog een braadworst op zijn bord. 'Ik hoorde toevallig dat...' Ze wilde zeggen: '...er een eind verderop een wijnboerderij te koop staat', maar dat werd plotseling overstemd door Plato die zijn lippen ontblootte en een IAAAAAAAA balkte, zo hard dat iedereen de handen voor de oren sloeg. De ezelkreet waarmee Plato zijn territorium afbakende schalde over de binnenplaats, deed een koppel duiven verschrikt opvliegen uit de plataan en moet in alle boerderijen tot in de wijde omtrek te horen zijn geweest. Secondenlang keek iedereen elkaar stomverbaasd aan.

Toen begon Angela als eerste te lachen. Ze hief haar glas naar de ezel. ‘Merci beaucoup, Plato. Je boodschap is begrepen.’

Met iets dat op een glimlach leek boog Plato zich naar Abel en knabbelde met zachte lippen aan zijn oorlel.

FIN

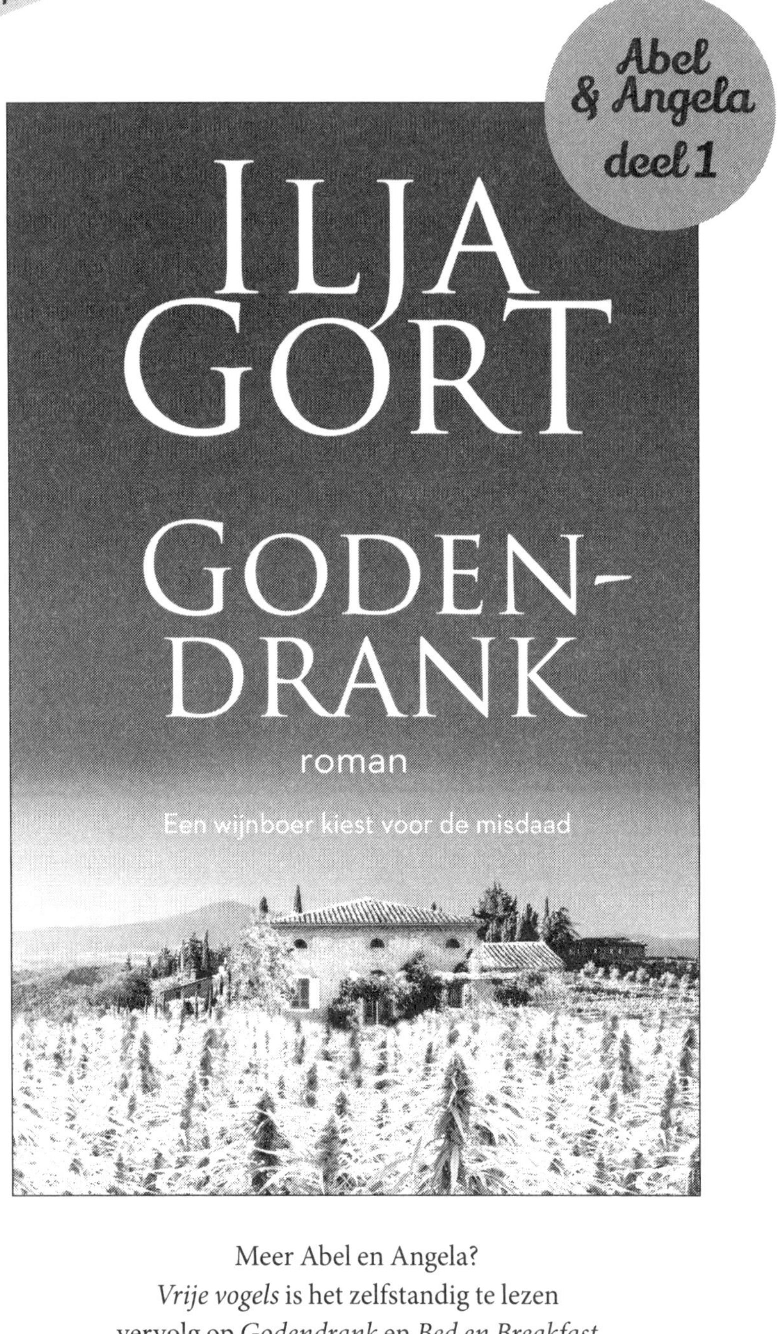

Meer Abel en Angela?
Vrije vogels is het zelfstandig te lezen
vervolg op *Godendrank* en *Bed en Breakfast*

Godendrank

Een wijnboer kiest voor de misdaad

Deze roman van Ilja Gort is
'Ik vertrek' in de overtreffende trap.

Met veel humor beschrijft Gort de avonturen van dromer Abel en zijn nuchtere vrouw Angela die hun winkeltje in de Amsterdamse Jordaan verkopen om een wijnboerderij in Zuid-Frankrijk te beginnen. Ze worden getroffen door bizarre tegenslagen en Abel besluit wiet te gaan telen om zijn wijn te voorzien van een scheut geestverruiming. Daarmee kruisen ze het pad van lieden die het niet zo nauw nemen met de wet, hetgeen leidt tot hilarische gebeurtenissen en een spetterende ontknoping.

'Voor mij zijn dit de ideale vakantieromans. Instant vrolijkheid.'
— *Vakantielezen*

'Als je een dip hebt, lees dan een boek van Ilja Gort. Gegarandeerd dat je met een lach op je gezicht zit te lezen.'
— *Biebmiepje*

geschreven met bloedstollende passages in schitterende landschappen. Lees dit boek!'
— *Boekenbijlage*

LEES OOK VAN ILJA GORT

Nog meer Abel en Angela?
Bed en Breakfast is het zelfstandig te lezen
vervolg op *Godendrank*.

LEES OOK VAN ILJA GORT

Bed en Breakfast

Een wijnboer raakt verstrikt in de misdaad

Zelfstandig te lezen vervolg op Godendrank

Ilja Gort raakte in de ban van zijn eigen hoofdpersoon: Abel, de warhoofdige held uit zijn bestseller *Godendrank.*
In *Bed en Breakfast* begint Abel met zijn vrouw Angela een B&B op hun Zuid-Franse wijndomein. Maar natuurlijk gaat dat niet van een leien dakje. Een televisieploeg met een dubbele agenda wil daar een reality soap van maken, waarna Abel en Angela worden overrompeld door gasten die het bloed onder hun nagels vandaan halen. Als Abels heimelijke verzet de spuigaten uitloopt, is er geen weg terug: om hun wijndomein van de ondergang te redden moet hij in zee met een onvoorspelbare Franse klusjesman en een Brabantse drugsbaron.
Bed en Breakfast is het hilarische vervolg op *Godendrank,* maar uitstekend zonder enige voorkennis te lezen.

'Ilja Gort heeft opnieuw het beste van zichzelf gegeven en met *Bed en Breakfast* zijn beste boek ooit geschreven.
Vijf sterren.' — *Pierre Peeters*

'Ilja Gort heeft een originele en buitengewoon geestige schrijfstijl, wat het lezen van *Bed en Breakfast* tot een feestje maakt. Licht van toon, vol vaart en met fantastische sfeerbeelden van Zuid-Frankrijk.'
— *Hebban.nl*

LEES OOK VAN ILJA GORT

De druivenfluisteraar

Een druivenplukker met een mysterieuze gave gaat de strijd aan met de gevaarlijkste man van Italië.

Janty is een anti-held wiens leven bestaat uit werken in de wijngaard. Alles wat hij ziet, vertaalt hij naar zijn eenzame bestaan tussen de druiven.
Dankzij een bijzondere gave sluit hij vriendschap met een truffelvarken en redt dat van de slager. Dit vormt het startschot voor een roadtrip waarin Janty en zijn varken op de vlucht in een oude eend door Frankrijk en Italië, verzeild raken in bizarre situaties. Geholpen door Figaro-journaliste Leonie Fougard stuiten ze op een grootschalige fraude met valse truffels die uiteindelijk leidt tot een verrassende confrontatie met de Italiaanse Maffia.

"Gorts manier van schrijven is zeer aanstekelijk en beeldend. Je proeft er de liefde voor mens en dier voortdurend in. En dan ook nog eens met zoveel humor. Je wordt het verhaal in gezogen!"
— *Boekenbijlage.nl*

LEES OOK VAN ILJA GORT

De vulkaan

De burgemeester van een dromerig Frans dorpje
grijpt de kans van zijn leven

Emile, een aan lager wal geraakte wijnhandelaar, erft onverwacht een wijndomein in een dromerig Frans dorpje. Hij wordt zo verliefd op het dorp dat hij probeert er burgemeester te worden. Dat lukt hem, maar het zadelt hem op met de zware taak het gehucht van de dreigende ondergang te redden.
Hij ontdekt een slapende vulkaan en probeert die met behulp van de dorpelingen om te toveren in een toeristische attractie. De situatie loopt volledig uit de hand en als Emile tenslotte met zijn rug tegen de muur staat, moet hij kiezen: nationaal succes? Of de rode knop indrukken?

In deze nieuwe roman neemt Ilja Gort u mee naar zijn zonovergoten Frankrijk en laat u genieten van het Franse leven zoals alleen hij dat kan.

'Vijf sterren. Geweldig boek.'

'Ik moest lachen en huilen tegelijk.'

'Boek van het jaar! Gort is een meesterverteller.'

LEES OOK VAN ILJA GORT

De vrouwenslagerij

In een Frans dorpje nemen vier vrouwen
wraak op de mannen in hun leven

Als de enige slager in een Frans dorp plotseling sterft, nemen zijn dochter en haar nietsnuttige man de zaak over. Dit is het begin van een reeks dramatische gebeurtenissen, lugubere incidenten en romantische misverstanden die het leven in het dorpje voorgoed veranderen.

Op Roald Dahl-achtige wijze beschrijft Ilja Gort wat er gebeurt als vier vrouwen het recht in eigen hand nemen. Deze met vaart geschreven roman ontroert en weet ook de lachspieren te prikkelen.

'Gort schrijft op een manier waar veel Nederlandse literaire schrijvers een punt aan kunnen zuigen.' – *de Volkskrant*

'Goed onderhoudende roman met een messcherp randje.' – *Hebban*

'Gort laat je gieren van het lachen maar kan ook diep ontroeren.' – *Boekblad*

LEES OOK VAN ILJA GORT

De geluksvogel

Een Nederlandse reclameman met een wijnchateau op het Zuid-Franse platteland ontfermt zich over een Franse wijnboer die een camping is begonnen

Harold Wechter is een Nederlandse reclameman die een wijnchateau in Frankrijk heeft gekocht. Hij komt in contact met Régis, een door en door Franse wijnboer wiens zaken niet al te best gaan. Harold adviseert Régis een 'Camping à la ferme' te beginnen.

Hiermee ontketent hij een onstuitbare reeks voorvallen die op de camping op het zinderende Zuid-Franse platteland tot bizarre situaties leidt. Een advocatenkantoor wordt met kettingzagen het bos ingestuurd, Hollandse naaktlopers biodansen

in het maanlicht, een belastinginspecteur krijgt te maken met een verrassende vorm van biologische oorlogsvoering en een druivenfluisteraar zoekt de mysterieuze wijngaard met merlotdruiven van verwoestend lekkere kwaliteit.

'Een briljante roman.'
– Herman Brusselmans

Meer Ilja Gort?
Schrijf je in voor zijn GoGo-nieuwsbrief
en ontvang 'm regelmatig in je mailbox:
www.chateaugort.nl/nieuwsbrief

www.chateaugort.nl